从寓言
学习说故事的力量

陈沛淇 著

图书在版编目（CIP）数据

从寓言学习说故事的力量/陈沛淇著. — 北京：华夏出版社, 2020.3
ISBN 978-7-5080-9340-6

Ⅰ.①从… Ⅱ.①陈… Ⅲ.①寓言–作品集–世界 Ⅳ.①I17

中国版本图书馆 CIP 数据核字（2017）第 255776 号

《重读经典：从寓言学习说故事的力量》
陈沛淇著
中文简体字版 2020 年由华夏出版社出版发行
本书经城邦文化事业股份有限公司（商周出版）授权出版中文简体字版本。非经书面同意，不得以任何形式任意重制、转载。

北京市版权局著作权合同登记号：图字 01-2017-7852 号

从寓言学习说故事的力量

著　　者	陈沛淇
责任编辑	张　平　曾　华
出版发行	华夏出版社
经　　销	新华书店
印　　刷	三河市少明印务有限公司
装　　订	三河市少明印务有限公司
版　　次	2020 年 3 月北京第 1 版 2020 年 3 月北京第 1 次印刷
开　　本	880mm×1230mm　1/32
印　　张	6.5
字　　数	150 千字
定　　价	39.00 元

华夏出版社　地址：北京市东直门外香河园北里 4 号　邮编：100028
　　　　　　网址：www.hxph.com.cn　　　　电话：（010）64618981
若发现本版图书有印装质量问题，请与我社营销中心联系调换。

目录

| 人与命运篇 |

防患于未然的艺术——观病记 / 2

有志者事竟成——愚公移山的启示 / 5

搬家？还不如先改变自己！——更鸣可矣 / 8

当废柴可以吗？——无用之用 / 10

要当死去的偶像，还是活在当下——宁曳尾涂中 / 13

人生中如恒河沙数的选择——多歧亡羊 / 16

人有旦夕祸福——塞翁失马 / 19

饱食无祸岂可长久——永某氏之鼠 / 22

化虚为实为上策——黔驴技穷 / 25

天才的悲歌——伤仲永 / 28

梦想是美好的，现实是残酷的——乌氓戒骑 / 31

知足能常乐——虽无子之美，亦无子之忧 / 34

亡羊补牢，为时不晚——晚成 / 37

岂不怪哉？——怕老鼠的猫 / 40

天下无难事——蜀鄙之僧 / 43

以行善为念——宋人好善 / 46

学习从按部就班开始——纪昌学射 / 49

人不能忘本——忘己之麋 / 52

一步登天有可能吗？——拔苗助长 / 55

狭路相逢，勇者胜——次非杀蛟 / 57

| 品德篇 |

居上位者应知的避讳——公仪休辞鱼 / 62

牛牵到北京还是牛——纪侯好狙 / 64

夏虫岂可语冰——井底之蛙 / 67

身教重于言教——曾子杀彘 / 70

徒具好礼之名的迂腐——假阶救火 / 73

巧诈不如拙诚——乐羊食子 / 76

教育的原点——择人而树 / 79

道近则易从——曲高和寡 / 82

为了真理所付的代价——和氏之璧 / 85

学无止境的道理——薛谭学讴 / 88

以德报怨——梁亭夜灌瓜 / 91

乐师的眼光——良桐 / 95

为自己发声——鸲鹆效言 / 98

专注才是一箭中的的关键——常羊学射 / 101

| 人生百态篇 |

人不为己,鲜已——蛛与蚕 / 106

在骨气和性命的天平两端——不受嗟来食 / 109

缓不济急——涸辙鲋鱼 / 112

道不同不相为谋——柳下惠与盗跖 / 115

纸上谈兵终难成事——按图索骥 / 119

模仿的艺术——东施效颦 / 122

| 爱情篇 |

破镜能否重圆——覆水定难收 / 126

伟大男人背后的女人——乐羊之妻 / 128

富贵荣华的手段——齐人之福 / 131

妻子的祈祷——夫妻祷者 / 133

问世间情为何物——相思树 / 135

一个鸡蛋的家当——妄心 / 138

完美的妻子形象——重耳之妻 / 142

追求爱情的代价——琴挑文君 / 145

吾未见好德如好色者——好色与好德 / 149

相守的运气——破镜重圆 / 152

| 权力与政治篇 |

贪官毒似蛇——苛政猛于虎 / 156

渔翁终得利——鹬蚌相争 / 159

狗仗人势一时狂——狐假虎威 / 162

都是恶狗惹的祸？——晋灵公好狗 / 165

以人为镜，可以明得失——邹忌讽齐王纳谏 / 168

半斤八两之讽——五十步笑百步 / 172

私积之与公家为一体也——食凫雁以秕 / 175

知人善任的眼光——子余造舟 / 178

早知如此的感叹——曲突徙薪 / 181

揭竿而起的时分——楚人养狙 / 184

信义方得人——贿赂失人心 / 187

莫须有的罪名——蛤蟆夜哭 / 190

自作聪明的后果——凿钟而扛 / 192

好听的话和该做的事——悦谀 / 194

螳螂捕蝉，黄雀在后——不顾其后之有患 / 196

舍本逐末的交易——买椟还珠 / 198

人与命运篇

防患于未然的艺术
——观病记

◆ 穿梭时空听故事 ◆

扁鹊是春秋战国时期闻名遐迩的神医。有一回，扁鹊路经蔡国，觐见蔡桓公。他在桓公面前站了一会儿，说："您有疾病，现在还在身体表面，不医治的话会恶化的。"桓公不以为意，哈哈一笑说："我才没病呢。"

等扁鹊离开后，桓公对左右服侍的人说："你们看，医生就是喜欢把没病的人说成有病，这样才能显得他很有本事！"

十天后，扁鹊又觐见桓公。这次他看了看说："您的病已深入皮肤下面的肌肉，不医治的话会恶化的。"桓公听了更不高兴了，依旧把神医的话当耳边风。

又是十天之后，扁鹊再次觐见桓公，他忧虑地说："您的病已经蔓延到了肠胃，再不医治的话，后果堪虑呢！"但此时桓公仍然不理不睬。

不知不觉，日子又过了十天。这次扁鹊远远看到桓公，转身就走。桓公遣人去问扁鹊，他这是什么意思。

扁鹊回答来人说："疾病在身体表面，只要热敷就可以治好了；疾病深入肌肉，其实用针灸也能治好；即使疾病深入肠胃，用治肠胃的汤药也能发挥作用。但现在疾病已经深入骨髓了，此时只能求神保佑了。如今大王的病已到了深入骨髓的地步，身为医生，我无可奈何啊，所以才不发一语，转身离开。"

五天后，桓公全身疼痛，不得不赶忙派人去找扁鹊。但这时扁鹊早已逃到秦国了。没多久，桓公便因病重不治而亡了。

◆ **悦读寓言** ◆

《伤寒杂病论》的作者张仲景，曾对扁鹊"察言观色"就能诊断疾病的功夫十分赞叹。重病在发作之前，总有一段酝酿期，症状会慢慢显现。然而，患病初期，症状往往和一般小恙无异。扁鹊能通过患者早期表现出来的轻微症状，便推算出一个月后的病情发展，真是十分了得！

扁鹊诊病能防患于未然，但他本人却很谦虚，觉得自己医术还不到家。据说，扁鹊家里有三兄弟，都是医生，但只有扁鹊一人名满天下。有一回，魏文王问起这件事，扁鹊便说："三兄弟里，大哥医术最精，二哥次之，我是最差的那一个。"

魏文王好奇地询问缘由，扁鹊便解释说："大哥看病，都是在病发作之前就下药根治，病人不觉得自己有病，自然也就以为医生只是调养了自己的身体而已。二哥看病，都是在病有点征兆时就下药根治，病人不觉得自己有什么大毛病，自然以为医生只是治了小病而已。我看病都是在病人最痛苦、他的家人最焦急的时候。他们看到我下针、放血、敷药，如此无所不用其极地治好了重病，便心生赞赏，所以三兄弟里只有我一人成名。"魏文王听了若有所悟。

能洞烛先机，采取防治措施者，功劳常常被众人忽略；人们只看得到在紧要关头出面、力挽狂澜的人，并奉为英雄。真要比较的话，前者做的事情简易又节省社会成本，这才是真正的贤士。

相对于未雨绸缪的医者，很多人难免会讳疾忌医，最后导致更严重的后果，但此时也只能得到一句"何必当初"了。

◆ 原文重现 ◆

扁鹊见蔡桓公，立有间，扁鹊曰："君有疾在腠理①，不治将恐深。"桓侯曰："寡人无疾。"扁鹊出，桓侯曰："医之好治不病以为功。"居十日，扁鹊复见曰："君之病在肌肤，不治将益深。"桓侯不应。扁鹊出，桓侯又不悦。居十日，扁鹊复见曰："君之病在肠胃，不治将益深。"桓侯又不应。扁鹊出，桓侯又不悦。居十日，扁鹊望桓侯而还走。桓侯故使人问之。扁鹊曰："疾在腠理，汤熨之所及也；在肌肤，针石②之所及也；在肠胃，火齐③之所及也；在骨髓，司命④之所属，无奈何也。今在骨髓，臣是以无请也。"居五日，桓侯体痛，使人索扁鹊，已逃秦矣。桓侯遂死。

——战国·韩非《韩非子·喻老》

① 腠（còu）理：指皮肤与肌肉的纹理、细缝。古代医书认为，腠理开阖失调是许多疾病的成因。
② 针石：指针灸疗法。
③ 火齐：齐，同"剂"。火齐指可降火气、治胃肠病的汤药。
④ 司命：古代神话中掌管生死、寿命的神。

有志者事竟成
——愚公移山的启示

◆ **穿梭时空听故事** ◆

很久以前,在冀州的南边,河阳的北边,有太行和王屋两座大山。在大山北面住着一位老先生——愚公,他年纪有九十来岁。因为大山挡住了南北通道,大家通行时都迂回绕路,愚公感到十分苦恼,便把族人召集起来,对他们说:"大家同心协力铲平大山,让道路直通豫州南部和汉水南岸吧!"族人听了纷纷叫好。

但这事有那么简单吗?愚公的妻子质疑道:"你连魁父这种小山丘都很难铲平,更何况是太行、王屋这种超级大山?再说,你要把土石放到哪儿去?"

大家七嘴八舌地说:"扔到渤海旁边,隐土北边也行!"

愚公于是带着最能负重的三个子孙开始凿山挖土;再以畚箕装土,运到渤海边上。邻居寡妇有个小孩,也跑跑跳跳,跟着大人们去倒泥土,从冬天到夏天,才往返一趟。

河湾住着一位据说很有智慧的老先生,他见状便笑着阻止愚公:"哎呀,你也太笨了!凭你残余的时日,连山的一角都铲不平吧?何况是一整座山呢!"

愚公叹了一口气说:"你真是顽固又不肯变通,比寡妇和小孩都不如!虽然我时日不多,但儿子们还在。我的儿子生了孙子,孙子也能生儿子,他们的儿子又生了孙子:如此子子孙孙,无穷无尽。反正山也不会再长大了，何必担心会铲不平呢？"老先生一时语塞，竟答不上话来。

山神听了愚公这番话，害怕他真的让子孙没完没了地挖下去，就向天帝禀告。天帝被愚公的率直真诚所感动，便派夸娥氏的两个大力士儿子各扛一座山，一座放在朔方东边，一座放在雍州南边。从此自冀州南部到汉水南边，大道通畅无阻，交通也因此便利了。

◆ 悦读寓言 ◆

初次参观钟乳石洞的人，很难不震慑于那壮丽奇诡的景象；在知道"滴水造石"的成因后，会再次大感惊讶。一滴滴的水，一点一点溶解出碳酸钙，又一层层地积累，历经百万年岁月，才成就了如此奇景。大自然造景，靠的就是时间。"愚公移山"的故事，听起来很匪夷所思，但仔细一想，这何尝不是向大自然学习的一种表现呢？恒心和毅力，能化不可能为可能。从"精卫填海"到"愚公移山"，都在强调"有志者事竟成"这条真理。

人人都知"世上无难事，只怕有心人"，说得容易，但当我们实际去做一件耗时又艰难的事时，就知道其中的辛苦真的很消磨人。孟子曾说："有为者，辟若掘井，掘井九轫而不及泉，犹为弃井也。"(《孟子·尽心上》) 好比挖一口井，人们流血流汗地挖呀挖，好不容易挖到了一定深度，却突然狐疑起来："挖这么深了，还看不到井水，我该不会挖错地点了吧？"这么一想，就动摇了，放弃了。却不知，只差一点点就能挖通水脉。正是有志者成事，只靠恒心还不够，还得有坚定的信心才行。

◆ 原文重现 ◆

太形①、王屋二山,方七百里,高万仞;本在冀州之南,河阳之北。北山愚公者,年且九十,面山而居。惩②山北之塞,出入之迂也,聚室而谋,曰:"吾与汝毕力平险,指通豫南,达于汉阴,可乎?"杂然相许。其妻献疑曰:"以君之力,曾不能损魁父之丘。如太形、王屋何?且焉置土石?"杂曰:"投诸渤海之尾,隐土之北。"遂率子孙荷担者三夫,叩石垦壤,箕畚③运于渤海之尾。邻人京城氏之孀妻有遗男,始龀④,跳往助之。寒暑易节,始一反焉。

河曲智叟笑而止之,曰:"甚矣汝之不惠!以残年余力,曾不能毁山之一毛,其如土石何?"北山愚公长息曰:"汝心之固,固不可彻⑤;曾不若孀妻弱子。虽我之死,有子存焉。子又生孙,孙又生子;子又有子,子又有孙:子子孙孙,无穷匮也;而山不加增,何苦而不平?"河曲智叟亡以应。

操蛇之神闻之,惧其不已也,告之于帝。帝感其诚,命夸蛾氏⑥二子负二山,一厝朔东,一厝雍南。自此,冀之南、汉之阴,无陇断焉。

——战国·列御寇《列子·汤问》

① 太形,即太行山。
② 惩:为某事而苦。
③ 箕畚(jī běn):以竹或柳编制的器具,故事中用来装盛泥土。
④ 龀(chèn):指小儿换牙,后用来代称稚龄小儿。
⑤ 彻:变通。
⑥ 夸蛾氏:古代神话人物,相传力大无比。

搬家？还不如先改变自己！
——更鸣可矣

❖ 穿梭时空听故事 ❖

有一天，猫头鹰在路上遇到了斑鸠。

斑鸠和它打招呼说："嘿，你要上哪儿去呀？"

猫头鹰苦恼地说："因为村子里的人都说不喜欢我的叫声，所以我想搬到东边去住。"

斑鸠认真地想了一会儿，说："这可真让人伤脑筋啊！要是你能改变叫声，那也就罢了；若是不能改变，就算搬到东边去，又有什么用呢？那里的人还是会嫌恶你的声音吧！"

❖ 悦读寓言 ❖

"枭"或"鸱鸮"就是我们熟知的猫头鹰。现在市面上，有许多造型可爱的猫头鹰布偶；在《哈利·波特》里，这种带有神秘感的动物则是讨喜的信差。可是，在古代中国，猫头鹰却被当作不祥、凶恶的象征。

《说文解字》云："枭，不孝鸟也。"

猫头鹰跟"不孝"是怎么连上关系的呢？张自烈《正字通》写到，"枭"是"从母索食，食母而飞"。这是说母枭哺育幼枭一百余日，幼枭遂长为成鸟；年轻的枭儿们振翅离巢之际，不但不知感恩，竟一同啄食因劳累而衰惫的母枭。从生物学知识来看，鸱鸮食母并没有确切的根据。这不过是传说而已，猫头鹰就这样背负了三千年的恶名。

俗话说："牛牵到北京还是牛。"西村的鸱鸮搬到东村去，也还是鸱鸮。有时候，人们会觉得换换环境也许能改变些什么，但这方法并非每次都灵。有些人换了环境之后，心情变好了，待人处事的方式也随之调整，日子愈过愈快乐；有些人抱着沉重的心和满行囊的"过去"换环境，结果"新环境"很快就变得跟"旧环境"没什么两样，生活一样不如意，人生依旧不顺遂。要想改变别人的观感，得先改变自己；借着搬家或旅行换心情的同时，还得加上好好审视自己这门功课才行。

◆ **原文重现** ◆

枭①逢鸠②，鸠曰："子将安之？"枭曰："我将东徙③。"鸠曰："何故？"枭曰："乡人皆恶我鸣，以故东徙。"鸠曰："子能更鸣可矣；不能更鸣，东徙，犹恶子之声。"

——西汉·刘向《说苑·谈丛》

① 枭：即鸱鸮，昼伏夜出，身形似鹰，面似猫，一名为猫头鹰。
② 鸠：鸠鸽科鸟类的总称，一般称为鸽子。
③ 徙：迁移。

当废柴可以吗?
——无用之用

♦ **穿梭时空听故事** ♦

惠施是个好辩的聪明人,但他的好友庄子也不遑多让。这天,惠施又想到新点子挖苦人。

惠施对庄子说:"我有一棵大树,人家都叫它'樗'。它树干粗大,但左一个树瘤右一个树瘤,没办法用墨线去测;它的小枝弯弯曲曲,标尺也没办法量。它竖立在路边,木匠连瞄都不瞄一眼。我看啊,你说的那些长篇大论,就和这棵樗一样'大而无用',大家都不想听。"

庄子不慌不忙地回答说:"你知道狐狸和黄鼠狼吧?它们懂得趴低身子,等待捕捉游荡的小动物,还能上下跳跃,灵活得不得了,但却老是误入捕兽机关,死在网子里。你再看看牦牛,身体大得像天边的一朵云,虽不能抓老鼠,但有的是其他的功用!你有这么一棵大树,哪需担心它没有用呢?何不把树种在什么都没有的地方,广阔的旷野,自己悠闲地在附近徘徊,还可以逍遥地在树下睡一觉,不用操心有人来偷砍,也没有谁会打它的主意。正因为没有用,所以也就不会遇上什么灾祸呢!"

◆ 悦读寓言 ◆

众所周知，庄子和老子一样，主张率性无为，反对过度操练智识的有为，所以在他的言论中，随处可见对"无为""无用"的阐释和辩证。不过，这则故事在寄寓庄子的理念之前，还展示了"逆向思考"的方式。

惠施代表的是一般人的思考方式，以普遍的"有用"标准来衡量樗木，比如能不能用来盖房子、做桌子，若是不能，就判定为无用，弃若敝屣。然而人类社会中，"有用"与否的标准，并不是固定的。好比早些年，饮料瓶、罐头瓶和废纸等，人人都以为是垃圾；当资源回收的技术引进后，这些垃圾却转眼变身成了"黄金"。

与其执着于固定的"有用"，不如反过来，思考无用之用。有人说："哪里有大家都不想碰的事，哪里就有商机。"这话虽说得极端，却不无道理，也算是验证了庄子"人皆知有用之用，而莫知无用之用"的箴言。

◆ 原文重现 ◆

惠子谓庄子曰："吾有大树，人谓之樗①。其大本拥肿而不中绳墨，其小枝卷曲而不中规矩，立之涂，匠者不顾。今子之言，大而无用，众所同去也。"庄子曰："子独不见狸狌乎？卑身而伏，以候敖者②；东西跳梁，不辟高下；中于机辟③，死于罔罟④。今夫犛牛，其大若垂天之云。此能为大矣，而不能执鼠。今子有大树，患其无用，何不树之于无何有之乡，广莫之野，彷徨乎无为其侧，逍遥乎寝卧其下。不夭斤斧，物无害者，无所可用，安所困苦哉！"

——战国·庄周《庄子·逍遥游》

① 樗（chū）：一种材质疏松的劣木。
② 敖者：敖，同"遨"。指遨游而至的小动物。
③ 机辟：捕兽的机关。
④ 罔罟（wǎng gǔ）：网子。

要当死去的偶像，还是活在当下
——宁曳尾涂中

◆ 穿梭时空听故事 ◆

一天，庄子悠闲地坐在濮水畔钓鱼。楚王派了两位大夫，来到庄子身旁，恭敬地传达君王的话："愿将国内的政事托付给先生！"

庄子扶着钓竿，头也不回地说："我曾听说楚国有只大神龟，死了三千多年了。君王将它宝贝地收藏在竹箱中，用布巾层层包裹起来，藏在庙堂之上。我倒是想问问，这只神龟是愿意死了之后留骨给后人崇拜，还是愿意生龙活虎地在泥浆中拖着尾巴爬？"

那两位大夫回答说："想必是宁愿在泥浆中拖着尾巴爬吧。"

庄子说："两位请回吧！我也希望自在地过着在泥浆中拖着尾巴爬的日子！"

◆ 悦读寓言 ◆

古代的读书人，有的因为不受君王重用而抑郁一生，也有人像庄子一样，官位都送上门来了，却推辞说不想要。与其拘束地活着，死后留下功名让人崇拜，还不如当下就过得自在逍遥。这就是庄子以"大神龟"做比喻的意思。宋朝诗人苏辙，写过"猖狂战国古神仙，曳尾泥涂老更安"（《和子瞻濠州七绝·其三·逍遥堂》）

两句诗；其中"曳尾泥涂"的典故，就是来自庄子的寓言故事。这首诗借歌颂庄子的淡泊名利来寄托诗人对隐逸生活的向往。

古来稗官野史中，不乏读书人推辞做官的故事。唐代诗人张志和就是一例。张志和年纪很轻的时候，就经由明经科登第；后来他在官场上遇到了一点事故，被贬为南浦尉。他趁机以回乡奔丧为借口，拒绝上任。此后张志和遍游名山大川，又经常在大书法家颜真卿家中做客，每每酒过三巡，就即兴提笔写诗作画。据说他的每幅作品都是难得的逸品。唐宪宗听闻此事，便派人去召回张志和，但他就是有本事东躲西藏，最终令皇帝的使者无功而返。

张志和有首著名的《渔歌子》，词曰："西塞山前白鹭飞，桃花流水鳜鱼肥。青箬笠，绿蓑衣，斜风细雨不须归。"词中那五湖四海任遨游的率性逍遥，不知羡煞多少文人士子。相比之下，他的哥哥张松龄就显得很看不开。当他知道弟弟刻意回避皇帝的使者时，很怕会生出什么祸端，便写了首《和答弟志和渔父歌》，词曰："太湖水，洞庭山，狂风浪起且须还。"意思是要张志和收敛些，没事快快回家来安分待着。这一个说"不须归"，那一个说"且须还"，谁才是真正享受神仙生活的人，想必看官心里都清楚吧！

◆ **原文重现** ◆

庄子钓于濮水，楚王使大夫二人往先①焉，曰："愿以境内累②矣。"庄子持竿不顾，曰："吾闻楚有神龟，死已三千岁矣，王巾笥③而藏之庙堂之上。此龟者，宁其死为留骨而贵乎？宁其生而曳尾于涂④中乎？"二大夫曰："宁生而曳尾涂中。"庄子曰："往矣,吾将曳尾于涂中。"

——战国·庄周《庄子·秋水》

① 先:宣告其言之意。
② 累(lěi):托付。
③ 巾笥(sì):以布巾包裹的竹箱子。
④ 涂:泥浆。

人生中如恒河沙数的选择
——多歧亡羊

◆ 穿梭时空听故事 ◆

战国时有位哲学家名叫杨朱,大家都称他为杨子。某日,杨子邻居的羊走丢了,邻居非常着急,不仅找来亲戚朋友帮忙,还拜托杨子也让家中的仆人协助一起寻羊。

听到邻居的请托,杨子说:"哎哟,才丢了那么一头羊,何必惊动这么多人去找?"

邻居愁眉苦脸地说:"因为岔路很多啊!"

一段时间后,找羊的人回来了。杨子问邻居:"找到羊了吗?"

邻居说:"羊真的走丢了,找不到!"

杨子追问:"为什么找不到?"

邻居回答:"都是岔路害的!每条岔路中又有岔路,我们根本不知道该往哪里找,只好回来。"

这时杨子脸色一变,神情看起来既哀伤又忧愁,很长时间都不发一语。就这样,竟然好几日都不见他脸上有笑容。

杨子的学生感到很奇怪,便恭敬地问他:"区区一头羊,也不是先生家里畜养的,为何您会如此闷闷不乐?"不过,杨子依旧不愿开口,而学生们猜来猜去,仍然搞不清楚老师的想法。到底杨子因何不乐呢?

◆ **悦读寓言** ◆

"多歧亡羊"的故事乍看之下似乎是在说"多头马车"的做事态度容易坏事：故事中寻羊的人徒劳而返，杨子则陷入闷闷不乐的沉思之中。但这只是开头而已，事情还有后续。

杨子有个学生名叫孟孙阳，孟孙阳把这件事告诉了心都子。一日，这两人结伴去拜访杨子。心都子行礼之后，没头没脑地问了个问题：

"从前有三兄弟，到齐鲁游学时，跟同一位老师学仁义之道。学成返家后，父亲出了考题：'你们说说看，仁义之道是什么？'老大说：'仁义使我把名声摆在性命之后。'老二说：'仁义使我为了名声而不惜牺牲性命。'老三说：'仁义使我的性命和名声可以两全。'三人明明是跟同一个儒者学习，为什么会得到相反的认知？其中谁对谁错呢？"

杨子回答说："从前有个熟习水性的船夫以摆渡为生，他赚的钱可以养活百口之家。闻名而来向他学习的人多得数不清，然而有一半的人，在学习时不幸溺水死了。这些人是来学摆渡的，不是来学溺水的，但学习的益处与害处居然这样分处两极。你说，其中谁对谁错呢？"

辞别老师后，孟孙阳忍不住抱怨："你和先生在说什么呀？我真是愈听愈糊涂了！"

也难怪孟孙阳会这样问。丢羊事件、心都子与杨子说的例子，三者看似不相干，其实却是互相关联的。"多歧亡羊"点出人们迷惑于道路分歧的窘况；"三兄弟学仁义"指出，从表面上的观点分歧入手去思考仁义之学的对错，容易陷入迷惘；"学摆渡"则再次说明，从学习者有无成效的差异去思考学摆渡的对错，也是徒劳的。

　　心都子说："因为道路分岔太多，所以找不到走丢的羊；学摆渡的人因为方法太多又不专精，所以就溺水死了。由此可见，学习这件事，'本'是相同的，但'末'却差异如此之大。只有回归到根本，才不会迷失方向。这样你懂了吧！"

◆ 原文重现 ◆

　　杨子之邻人亡羊，既率其党，又请杨子之竖①追之。杨子曰："嘻！亡一羊何追者之众？"邻人曰："多歧路。"既反，问："获羊乎？"曰："亡②之矣。"曰："奚亡之？"曰："歧路之中又有歧焉。吾不知所之，所以反也。"杨子戚然变容，不言者移时③，不笑者竟日。门人怪之，请曰："羊，贱畜，又非夫子之有，而损言笑者，何哉？"杨子不答。门人不获所命。

——战国·列御寇《列子·说符》

① 竖：未成年的佣仆。
② 亡：同"无"，丢失之意。
③ 移时：指一段时间。

人有旦夕祸福
——塞翁失马

◆ 穿梭时空听故事 ◆

很久以前,在边塞地区,住着一位擅长养马的老翁。一日,老翁的马无缘无故地走丢了,听说是跑到胡人的领地去了。邻人知道了,纷纷前来安慰。

老翁说:"看着吧!这何尝不是福气哩!"

没想到,过了几个月,走丢的马不但自己回来了,还带来一匹胡人的良马。邻人纷纷前来道贺,老翁却忧虑地说:"唉!这可能不是什么好事啊!"

家里有了难得的良马,老翁的儿子天天都骑着马到处跑,结果一个不小心,就从马背上摔下来,跌断了大腿骨。邻人听到消息,又都来安慰老翁。

老翁倒是看得很开,他说:"等着看吧!这可能是大大的福气呢!"

一年后,胡人大军入侵。边塞地区年轻力壮的男人,都被征调去作战,十个人当中就有九个战死的。老翁的儿子因为跛了脚,免于兵役,竟侥幸保全了性命。福转为祸,祸转为福,这变化真是难以预料,深不可测啊!

◆ 悦读寓言 ◆

《淮南子》这本书写成于西汉时期，花了不少篇幅谈福和祸的问题，书中认为，世间有三种"危险"之事：一是德行和器量不够，却受到尊崇；二是没有才能，却居于权力的高位；三是没有建功，却接受丰厚的俸禄。换言之，"天下没有免费的午餐"，要是好事无缘无故落在自己身上，在拍手叫好之前，应该谨慎深思。

孙叔敖是春秋时楚国的宰相，他为人贤明清廉，什么该得什么不该得，他心里都清清楚楚。有一次，楚庄王出战，大胜晋国。班师回朝后，在封赏功臣之余，连带赏赐孙叔敖。孙叔敖以"无功不受禄"为由婉拒了君王的好意。后来，孙叔敖得了重病，临终前他交代儿子说："我死后，楚王会封赏你。切记要推辞肥沃富饶之地，只能接受贫瘠偏僻的封地。"

孙叔敖去世后，楚庄王立意封赏功臣的遗孤，果真将富饶之地赏赐给孙叔敖的儿子。孙叔敖的儿子谨遵父亲的教诲，谢绝了富饶之地，而要求赏封寝丘。寝丘这个地方，土地贫瘠，民风原始，好鬼神之事，没有人想要这里做封地。孙家看起来好像是自愿放弃了好处，但其实更大的好处在后头。楚国有个规矩，功臣的封地和俸禄，到了第二代时就必须收回，但因为孙叔敖的儿子选了这里做封地，所以楚王一直没有提收回的事，孙家就一直保有了封赏。

"福与祸同门，利与害为邻"，这种充满人生哲学意味的辩证思维一直深藏在中国人的头脑之中。

◆ **原文重现** ◆

近塞上之人有善术者,马无故亡①而入胡,人皆吊之。其父曰:"此何遽不为福乎!"居数月,其马将②胡骏马而归,人皆贺之。其父曰:"此何遽不能为祸乎!"家富良马,其子好骑,堕而折其髀③,人皆吊之。其父曰:"此何遽不为福乎!"居一年,胡人大入塞,丁壮者引弦而战,近塞之人,死者十九,此独以跛之故,父子相保。故福之为祸,祸之为福,化④不可极,深不可测也。

——西汉·刘安《淮南子·人间训》

① 亡:同"无",走丢之意。
② 将:带领。
③ 髀(bì):指大腿骨。
④ 化:变化。

饱食无祸岂可长久
——永某氏之鼠

◆ 穿梭时空听故事 ◆

永州住了一个怪人，姑且称他为某氏吧。某氏非常讨厌太阳，几乎到了忌讳的地步。他在农历的子年出生，子年的生肖神是鼠，就因为这缘故，他十分呵护老鼠，不养猫，也禁止仆人打老鼠。家中存放食物的仓库和厨房，都任凭老鼠通行无阻。

这般天大的好事，就在老鼠间口耳相传："某氏家里不赶老鼠呢！大伙儿一起来吃个痛快吧！"就这样，某氏的房里没有一样完好的器具，衣架上没有一件完整的衣服，全都遭老鼠啃咬过了；连他吃的东西，也大抵是老鼠吃剩的。这些鼠辈白天时大方地和人一起行走，晚上就到处咬东西或闹事，声响之大，令人无法入眠。即使如此，某氏也丝毫不感到厌烦。

几年后，某氏搬往其他地方去了。新屋主来了之后，老鼠故态不改，依旧大摇大摆地啃食打闹。新屋主纳闷地说："这些在暗处出没的鼠辈，确实喜欢作怪，可是怎么会嚣张到这种地步呢？"

他马上找来了五六只猫，关上大门，撤去可供老鼠藏身的瓦片，用水灌入各个鼠洞；又雇用了几个童仆，专门张网、设机关捕鼠。没多久，杀死的老鼠就堆成了个小山丘。鼠尸被丢弃到偏僻的地方，尸臭味弥漫了几个月才消散。真是可怕的景象啊！

◆ 悦读寓言 ◆

柳宗元写的这则寓言,意有所指。旧的制度和官场,培养起一群养尊处优、霸道横行的官吏。一旦在位者轮替、改弦更张,这些官吏若不收敛其作为,就容易招来杀身之祸。

鳌拜的父兄辈,曾追随努尔哈赤起兵;鳌拜自身也是皇太极的大将,早年时南征北讨,建立了不少功勋,很得君王信任。皇太极曾赐予鳌拜"巴图鲁"称号,意即"勇士"。

鳌拜在沙场上是攻无不克、战无不胜的勇将,在官场上却是恶名昭彰、令人发指的权臣。仗着开国元勋的地位及帝王的纵容,鳌拜擅权敛财,非常嚣张。如此历经皇太极、顺治二朝,当八岁的康熙即位时,鳌拜依旧不改其行径,甚至经常给小皇帝下马威。康熙帝隐忍了数年,等到他亲政掌握实权后,便设计逮捕鳌拜,清算其家产与其所犯下的罪行。鳌拜的党羽自然也一同遭了殃。所谓此一时彼一时,风水轮流转。天下没有永远的"靠山",人还是要光明磊落、堂堂正正的,这样人生路才能走得顺当、久长。

◆ 原文重现 ◆

永有某氏者,畏日,拘忌异甚。以为己生岁值子①,鼠,子神也,因爱鼠,不畜猫,又禁僮勿击鼠。仓廪②庖厨,悉以恣鼠不问。由是,鼠相告皆来某氏,饱食而无祸。某氏室无完器,椸③无完衣,饮食大率鼠之余也。昼累累与人兼行,夜则窃啮斗暴,其声万状,不可以寝,终不厌。数岁,某氏徙居他州。后人来居,鼠为态如故。其人曰:"是阴类④恶物也,盗暴尤甚。且何以至是乎哉?"假五六猫,阖门,撤瓦,灌穴,购僮罗捕之。杀鼠如丘,弃之隐处,臭数月乃已。

——唐·柳宗元《柳河东集·永某氏之鼠》

① 子:十二地支的第一位,属鼠。
② 仓廪:堆放谷物和食材的仓库。
③ 椸(yí):挂衣服的架子。
④ 阴类:在暗处出没之物。

化虚为实为上策
——黔驴技穷

◆ 穿梭时空听故事 ◆

据说,贵州一带本来没有驴子。有好事的人从大老远运来一头驴,运过来之后,也不知该拿这头驴怎么办,就放养在山脚下。

山里的老虎看到身形庞大的驴,以为是什么了不起的东西,每天都躲在树林间窥视。偶尔,老虎试探着走出来,悄悄靠近驴子,小心翼翼地观察,在心底拿捏这种陌生动物到底有多大本领。

有一天,驴子发出巨大的吼叫声,老虎吓了一大跳,连忙逃得远远的,还以为驴子想吃了它,害怕得不得了。后来,老虎来来回回地观察驴子,愈发觉得这不明生物没什么了不起的,便渐渐习惯了驴子的吼叫声。但老虎仍然谨慎地在驴子前后绕行,始终不敢贸然攻击。

随着日子一天天过去,老虎愈来愈大胆。它慢慢地靠近驴子,一下子撞它,一下子又靠在它身上,极尽挑衅之能事。终于,驴子被惹毛了,便用前蹄去踢老虎。老虎一看,心中大喜:"哈!原来这家伙只有这么点本事罢了!"于是便凶蛮地扑上去,咬断驴子的喉咙,大肆啃食它的肉,并在饱食之后扬长而去。

◆ 悦读寓言 ◆

为什么驴子会丧命呢？柳宗元写完这个故事后，喟叹道："向不出其技，虎虽猛，疑畏卒不敢取，今若是焉，悲夫！"意思是说，驴子身形庞大，声音洪亮，在不明其底细时，这种姿态是很唬人的。只可惜驴子不小心露出了马脚——它的攻击技能只有用前蹄乱踢而已。一旦这可怜的技能被识破，老虎便肆无忌惮地扑咬它了。换个角度来说，这头驴就是不懂得虚张声势的艺术，才会落得如此悲惨的下场。

古代兵书《三十六计》中，有一计专门讲虚张声势，这就是"空城计"，所谓"虚虚实实，兵无常势"。古代两军对峙时，没有人造卫星监视敌情，要了解敌方的实际兵力，只能仰赖观察和经验的推断。在这种情况下，若是有一方懂得"化虚为实"，营造出阵容强大的假象，起码在心理上就有了压倒对方的优势。

唐玄宗时，边疆瓜州一带遭吐蕃人入侵。原本守城的将领王君焕不幸阵亡，城中的战备也几乎消耗殆尽。眼看人力、物资都不足，敌军即将来袭，接替守城任务的张守珪急中生智，对将士们说："敌众我寡，我们不能硬拼，要智取才行！"于是他命人在城墙上设宴，自己和将士们坐在上头饮酒听歌。吐蕃军一看，怀疑城内有诈，便不敢急攻，只得暂时退兵观察。如此，张守珪便争取到了等待后援的宝贵时间。人人都知道实力第一，不该"打肿脸充胖子"，但在性命攸关时，懂得"藏拙作势"也是很重要的！

◆ 原文重现 ◆

黔无驴,有好事者船载以入。至则无可用,放之山下。虎见之,庞然大物也,以为神,蔽林间窥之。稍出近之,慭慭然①莫相知。他日,驴一鸣,虎大骇,远遁,以为且噬己也,甚恐。然往来视之,觉无异能者;益习②其声,又近出前后,终不敢搏。稍近,益狎,荡倚冲冒③。驴不胜怒,蹄之。虎因喜,计之曰:"技止此耳!"因跳踉④大㘎⑤,断其喉,尽其肉,乃去。

——唐·柳宗元《柳河东集·黔之驴》

① 慭慭(yìn yìn)然:小心翼翼的样子。
② 习:习惯。
③ 荡倚冲冒:形容虎挑衅冒犯驴的样子。
④ 跳踉(liáng):跳跃。
⑤ 㘎(hǎn):虎吼叫。

天才的悲歌
——伤仲永

◆ 穿梭时空听故事 ◆

宋代大文学家王安石曾经说过这样一个故事。

金溪县有个人名叫方仲永,他家世代都是以务农为生的。听说仲永五岁时,明明没见过笔墨纸砚,却哭闹着要大人拿给他。仲永的父亲觉得很奇怪,就向附近的人借了一套文房四宝给儿子。仲永一得到文具,立即写下四句诗,并且有模有样地写上题目。他的诗以孝养父母、礼待族人为大意,还有人传抄出去,让全乡的秀才观赏。

从此以后,仲永看到有意思的事物,就开始吟诗;诗完成后,不论是文笔还是道理,都有值得点头称赞之处。乡里的人把仲永当成奇才,纷纷邀请仲永的父亲去做客,甚至有好事者拿着钱财,要求仲永写诗。仲永的父亲贪图利益,便天天带着儿子到处应酬作诗,没怎么让他去上学。

这件事王安石听说很久了。明道年间,王安石跟随其父回老家,在舅舅那儿见到了方仲永,当时他大概十二三岁。他作的诗,看起来并不如传闻中那样精彩。又过了七年,王安石从扬州回来,再度到舅舅家拜访时,不经意间问起仲永的事。舅舅说:"那孩子现在已经跟普通人没两样了!"

◆ 悦读寓言 ◆

这是一则"天才变凡人"的故事,问题不是出在天才变笨了,而是方仲永的父亲短视近利,不懂得栽培儿子,没让他好好上学上。古人曰:"学如逆水行舟,不进则退。"少了努力学习,天才就会被光阴磨成平凡人。

看过《莫扎特传》这部电影的人便知道,这是个不同于方仲永的故事。欧洲音乐家阿玛迪斯·莫扎特(W. Amadeus Mozart)的父亲雷欧波得·莫扎特(Leopold Mozart),就很懂得栽培儿子。莫扎特很小的时候就展露出音乐天分,他六岁就写出小提琴奏鸣曲,八岁竟然能创作交响乐。父亲发觉儿子不寻常的天赋后,就放弃了自己的人生规划,全心全意地栽培儿子,给他最好的音乐教育和表演的机会。若没有雷欧波得·莫扎特这个推手,可能就不会有阿玛迪斯·莫扎特。

英国的报纸曾刊登"天才儿童与成才压力"的相关报道。有研究指出,长时间追踪两百多名天才儿童后,发现最后能发挥潜力、取得成就的,竟不到十人。原因是天才儿童受到过多的称赞、关注和期待,导致他们在学习时产生心理障碍。回过头来想,恐怕方仲永的情况与这些儿童相去不远。难得天才却不能成才,这真是令人十分感慨。

◆ 原文重现 ◆

金溪民方仲永,世隶耕。仲永生五年,未尝识书具[①],忽啼求之。父异焉,借旁近与之,即书诗四句,并自为其名;其诗以养父母、收族②为意,传一乡秀才观之。自是指物作诗立就,其文理皆有可观者。邑人奇之,稍稍宾客其父,或以钱币乞之。父利其然也,日扳③仲永环谒于邑人,不使学。

余闻之也久。明道④中,从先人还家,于舅家见之,十二三矣。令作诗,不能称前时之闻。又七年,还自扬州,复到舅家,问焉,曰:"泯然⑤众人矣!"

——北宋·王安石《临川先生文集》

① 书具:笔、墨、纸、砚。
② 收族:以上下尊卑、亲疏远近之序团结族人。
③ 扳:带着。
④ 明道:宋仁宗的年号。
⑤ 泯然:迹象消失的样子。

梦想是美好的，现实是残酷的
——刍甿戒骑

◆ **穿梭时空听故事** ◆

有个叫刍甿的乡下人，某次进城，看到城里的年轻人潇洒地骑马的样子，心中十分欣羡。但他一时不知道该到哪儿去弄马匹，只得作罢。回到家后，他整日都是一副惆怅失落的模样。

常言道，日有所思夜有所梦。一日夜里，刍甿梦见自己骑马，兴奋得无以复加。醒来后，他就把这个梦和好友说了。朋友体恤他的心情，就邀他一起到城里，租了匹马让他骑。

刍甿骑着马，感觉拉风极了！他驱策马儿来到城外的田间小路。不料，马见到青草地，长嘶一声，就像阵风般狂奔起来。高壮的马纵情地奔驰、跳跃，就像踏水而飞的水鸟般轻盈、迅速。这景象美是很美，却吓坏了没什么骑马经验的刍甿。他紧抱着马鞍大呼救命，不一会儿，就被摔下马背了。马从他身上跳过去，刍甿的头直直地栽进泥泞中，足足有好几尺深。多亏他的朋友立刻跑来救人，这才使他免于灭顶之灾。

经历了一回骑马惊魂之后，刍甿便这样告诫儿子："儿子啊，明白事理的人有个大戒，切记要谨慎，不要随便骑马！"

◆ **悦读寓言** ◆

　　故事中这个叫刍甿的人，先是因为羡慕别人骑乘的优雅而对骑马念念不忘，后又因为不善马术而摔了个倒栽葱。碰了钉子的刍甿，竟把"无乘马"当成家训，慎重地告诫儿子。古人骑马和今人骑自行车一样，都是需要练习的。因为缺乏练习而摔倒，并因此一辈子不骑自行车，任谁听了都会觉得匪夷所思。

　　这就好比我们看鸭子划水一般，只看见鸭子轻松地游来游去，却不见其水底下忙碌划水的双蹼，就是只知表面，而不知其所花费的功夫。

　　国外有这样一个故事。有个做事老是失败的人，登门向智者求救："我想请教您，我如何才能成功！"智者说："好吧。城东有个玻璃匠，他做的玻璃工艺品，亲王贵族都争相收藏。你去问问，他做出失败作品和成功作品的比例是多少。"

　　这个人照智者的吩咐去问了，玻璃匠告诉他："我做出完美的作品前，失败的次数真的是无法计算的，硬要估计的话，做出成功作品的概率大概只有百分之一吧。"这个人回去向智者报告了，然后问："我不明白啊，您要我问这件事的用意是什么？"智者说："这个玻璃匠做出成功作品的概率是百分之一，换句话说，他一连失败九十九次才能成功一次。即使如此，他还是数一数二的艺术家。失败并不可耻，坚持就是成功的秘诀。"

　　所有的成功者，同时也是饱尝失败的人，这是古今中外皆相同的道理。

◆ **原文重现** ◆

　　刍甿之市，见市子之骑而都①也，慕之，顾无所得马，归而怏形于色。一夕，乃梦骑，乐甚，寤而与其友言之。其友怜而与俱适市，僦②马与之。骑以如陌。马见青而风，嘶而驰，駜然而骧③，蹩然④而若凫，刍甿抱鞍而号，旋于马腹之下，马跃而过之，头入于泥尺有咫⑤。其友驰救之免。归乃谓其子曰："知命者有大戒，惟慎无乘马而已。"

　　　　　　　　　　——明·刘基《郁离子·梦骑》

① 都（dū）：优雅而潇洒的样子。
② 僦（jiù）：租借。
③ 駜（bì）然而骧（xiāng）：駜然，马高大壮美的样子。骧，奔跑，跳跃。
④ 蹩（bié）然：蹩，跛瘸。走路不稳的样子。
⑤ 咫：古代以八寸为一咫。

知足能常乐
——虽无子之美，亦无子之忧

◆ 穿梭时空听故事 ◆

原野中，一株高大的梓树和附近的荆棘正在对话。

梓树自豪地展示着枝叶，用充满优越感的口吻说："哎，你为什么长得如此矮小又难看呢？瞧你这副徒有秃干和藤蔓纠结缠绕的模样，一整年都被枯枝败叶遮盖，不见天日，这不是很容易生病吗？

"看看我！我高耸在山崖上，树梢接触得到日光，树根则深深地扎入地底，太阳和月亮对我投下光辉，风雨滋润了我的身体。鸾凤栖息在我的枝干上，从早歌唱到晚。暖和的云气、山里的雾气，蒸发后凝结为朵朵祥云。五彩的景色，和鸣的声响，都成了妆点我的纹彩！我迎向太阳，轻拂水光，美丽得就像洗濯过的蜀锦，灿烂得就像开在富贵人家的春花。所以工匠对我爱不释手，都想用我做明堂的大梁哩！"

听完梓树这番话，荆棘顺风长啸一声，伸直了枝条说："你确实很美啊！我听人家说：'过于重视外表容易招来侮辱，喜欢穿华服容易引来盗贼，多才多艺则让人嫉妒。'你的美冠绝天下，名声响亮，可惜运气未到，眼下可没有半个人想盖宫殿！我担心，你做不成明堂的大梁，反而可能被做成棺材，和腐朽的尸体一起埋在地底。到时候，想晒晒太阳也不可能了。

"看看我！我高不过八尺，躯干比手指还细，枝条松散弯曲，也没有美丽的纹理。

"上天没给我什么天赋，唯独给了刺。所以樵夫不敢砍我，禽兽不敢靠近我。虽然我不如你风流潇洒，却也没有你的忧虑。我对现况非常知足，哪还有什么奢求呢？"

◆ 悦读寓言 ◆

有时候，人们会陷入某种固定标准的陷阱中。这种固定标准是普遍的社会期待，例如：美比丑来得好，富比穷来得惬意，聪明人比笨人有成就，被称赞比不被称赞来得光荣……但是，美真的比丑来得好吗？古有俗谚"红颜薄命"，现代我们则常看到光鲜亮丽的偶像，苦于被狗仔跟踪、被媒体胡乱曝光隐私的现象。而穷人固然有穷人的苦，但他起码与守护钱财、盗贼害命之类的烦恼无缘。

西方有谚语：上帝造物，必然有其造物的用意。梓树固然是栋梁之材，但荆棘生为荆棘，也有它自身存在的意义。若把梓树拿来跟荆棘比较，那就会产生故事中所讽刺的结局：谁说良材一定能成为栋梁？若它倒霉些，被制成棺材也说不定。荆棘看似"不成材"，但它自在自为，至少不用担心得和死人一起埋葬。因此，梓树的比较之心是不必要的。天生我材必有其用，知命而能安命，这就是幸福。

◆ 原文重现 ◆

梓谓棘曰："尔何为乎修修①而不扬,槮槮②而无所容,幽樛③于灌莽之中,翳朽箨④而不见太阳,不已痗⑤乎?吾干竦穹崖,梢拂九阳,根入九阴,日月过而留其晖,风雨会而流其滋。鹓雏翠鸾,朝夕和鸣。暖蔼晴岚,山蒸泽烘,结为祥云。五色备象,八音成声,绚为文章。抱日浮光,蔚兮若濯锦出蜀江⑥,粲兮若春葩曜都房。是以匠石见而爱之,期以为明堂⑦之栋梁。"

言既,棘倚风而啸,振条而吟曰:"美矣哉!吾闻之:'冶容色者侮之招,丽服饰者盗之招,多才能者忌之招。'今子之美,冠群超伦,名彰于时,泰运未开,构厦无人,吾忧子之不得为明堂之栋梁,而剪为黄肠⑧,与腐肉同归于冥冥之乡,虽欲见太阳,其可得乎?吾长不盈寻,大不逾指,扶疏屈律,不文不理,天不畀⑨之以材,而赐之以刺,使人不敢樵,禽不敢萃。故虽无子之美,而亦无子之忧,则吾之所得多矣,吾又安所求哉。"

——明·刘基《郁离子·梓棘》

---

① 修修:树枝细小的样子。
② 槮槮(xiāo xiāo):无花无叶、只存秃干的样子。
③ 樛(jiū):纠结缠绕的样子。
④ 箨(tuó):原指竹笋皮,此处泛指落叶和脱落的树皮。
⑤ 痗(mèi):疾病、生病。
⑥ 蜀江:位于四川,为著名的蜀锦产地。
⑦ 明堂:天子朝会诸侯、举办祭典的地方。
⑧ 黄肠:即棺椁,包覆在棺材外层的木套。
⑨ 畀(bì):给。

亡羊补牢，为时不晚
——晚成

◆ 穿梭时空听故事 ◆

屠龙子的马走丢后，他开始动手整修马厩。旁人对他说："您这马厩修得太迟啦！"

屠龙子说："不晚！不晚！折断手臂后才开始学治疗，这一点都不晚。从前齐桓公、晋文公都是先被迫逃亡国外，而后归国称王，成为春秋五霸的。越王勾践亡了国、做了俘虏，而后十年生聚十年教训，反过来灭了吴王夫差。智武子曾被楚人囚禁，后来回到晋国做大夫，辅佐君王大败楚军于鄢陵。孙膑遭受刖足之刑，而后做了大国齐国的军师，大破魏军，斩其将领，威震天下。再看看那伍子胥，他不也是先丧家出逃，而后借吴国的大军打回楚国郢都，为其父兄报仇雪恨了吗？还有，范雎也曾被魏国相国魏齐陷害，不但肋骨和牙齿被打断，还被人用竹席捆起来扔到茅厕中，后来他成了秦国宰相，逼死了魏齐。

"我刚说的三位国君、四位大夫，都有一个共同点：他们遭逢困厄时，任谁都以为他们永无翻身之日了。但他们重新取得权势，人人又把他们当成太阳和星星般仰慕。假使这三君四大夫在危亡之际甘于自暴自弃，那就什么都完了！所以，七月闹旱灾时，稻子长不成了，但农夫还是会拔除杂草，期待野生的稻子能长出来。如果觉得为时已晚而什么都不做，那田地就真的荒芜啦！"

几个月后,屠龙子的马自己回来了,正好牢牢地拴在新马厩里。人人都很佩服他的见识。

◆ 悦读寓言 ◆

这则故事有意思的地方,在于"方其逃奔困厄之际,孰不谓其当与枯荄落叶同腐土壤"这一句。人生的困境,有时候真的让人很难挨。这难挨的困厄,在别人眼里看起来像什么呢?《郁离子》说,就像了无生气的枯草残叶,落在污泥中慢慢腐烂一样。这可真是很惊悚却又十分贴切的形容。唯有在这种糟糕的处境中反省,力图振作,我们才看得到"为时不晚"这句话的不二价值。

据说战国时期,楚襄王有位大臣名叫庄辛。庄辛看到楚王耽溺享乐而荒废了国政,便出言劝谏。但楚王不肯听劝,庄辛便自请离去。没过多久,日益强大的秦军来犯,楚国差点连国都都失守了。这时楚襄王想起了庄辛的劝谏,心中很懊悔,便派人将他找了回来。楚王说:"我很后悔当初没有听先生的话,现在该怎么办呢?"庄辛便说:"见到兔子才去找猎狗来追捕,羊走失后才知道修栅栏,这都为时不晚!楚国地大物博,您还有东山再起的希望!"这正是人生只怕"不开始",少有真的"来不及"。积极行动能弥补过去、创造未来,这也算是亘古不变的道理了。

◆ **原文重现** ◆

　　屠龙子失马而治厩，人曰晚矣。屠龙子曰："折肱而学医，未晚也。昔者齐桓、晋文公皆先丧其国，而后归为五伯。越王勾践牺于会稽，而后灭夫差，作诸侯长。知武子囚于楚，而后归相晋侯，光复先君之业。孙子刖足①，而后为大国师，破军斩将，威动天下。伍子胥丧家出奔，而后入郢复其父兄之仇。范雎折胁拉齿于箦中，而后相秦斩魏齐。此三君四大夫者，方其逃奔困厄之际，孰不谓其当与枯荄②落叶同腐土壤；而一旦光辉焕赫，使人仰之如日星之在上。向使其甘于危亡而自暴也，则亦已矣。故七月之旱，禾不生矣，犹可芟③而望其稆④；若以为晚而遂弃之，田卒荒矣。"数月而马归，人服其识。

——明·刘基《郁离子·晚成》

① 刖(yuè)足：砍脚，古代的刑罚之一。
② 枯荄(gāi)：枯萎的草根。
③ 芟(shān)：割除杂草。
④ 稆(lǔ)：野生的稻子。

岂不怪哉?
——怕老鼠的猫

◆ **穿梭时空听故事** ◆

从前卫国住了一个姓束的人。束氏没有什么特别的爱好,唯独养猫成痴。猫是专门抓老鼠的动物,束氏养了一百多只猫,家附近的老鼠都被抓完了,这些猫没了食物来源,便饥饿地大声号叫。

束氏不忍心见猫饿着,就去买肉喂它们。这些猫生子,子又生孙,子子孙孙都仰赖束氏买来的肉为生,竟渐渐地不知老鼠为何物了。这些猫只知道肚子饿了就喵喵叫,叫了就有肉可食,吃饱后就缓缓地散步,一副安乐公的模样。

城南有户人家鼠多成患,甚至还有老鼠掉进装食物的瓮里,便急忙向束氏借了几只猫。这些养尊处优的猫,看到老鼠两耳耸立,突出一对又大又黑的眼睛,脖子部位毛色赤棕,又吱吱叫个不停,便以为是什么怪物,只在高处小心翼翼地看着老鼠走,不敢靠近。

借猫的人非常生气,索性把猫推入瓮里。不料,这些猫害怕得大叫。过了一会儿,老鼠衡量猫也没什么本事,竟开始咬起猫的脚来了。这下子猫儿们再也受不了,拼命地跳出瓮,落荒而逃了!

◆ **悦读寓言** ◆

束氏的猫天天吃肉,过得比平常人还好。只是养"猫"千日,方到用时却一点儿也派不上用场,的确颇令人感到无奈。宋濂对此批评道:"噫!武士世享重禄,遇盗辄窜者,其亦狸狌哉!"这是一则讽刺寓言,影射那些享受优厚待遇的文官武将,遇到国难时,个个都成了畏鼠逃窜的猫。

宋濂是明朝人。明初,知识分子对宋朝灭亡的原因做了很多检讨。他们发现,宋朝"大而无用"的军队,显然是亡国的主因之一。宋朝的军队规模不算小,在全盛时期,光是禁军,人数就高达百万。然而朝廷重文轻武,军队平素的训练很不足。君王对在外打仗的武将信任度很低,经常要求将领得到自己的许可才能做决策。可想而知,从边疆到都城,通信往来之际,有利的战局可能就会因拖延而转变为不利了。

南宋名将岳飞的遭遇就是一例。当他在边境攻打金人、连连告捷之时,宋高宗却连发十二道金牌,勒令他班师回朝。原因是宰相秦桧在朝中势力庞大,"主和不主战",而宋高宗听信了秦桧的建议,宁愿和金人签订不平等条约,也不愿让岳飞放手一搏。从历史来看,岳飞北伐之时,也是南宋最有希望驱逐金人、收复失地之际,无奈朝野上下惧怕异族势力的人太多,主和派的意见遂取得压倒性胜利。这些目光短浅又怕事的官员,与那些畏鼠的猫又有什么两样呢?

◆ 原文重现 ◆

卫人束氏，举世之物咸无所好，唯好畜狸狌①。狸狌，捕鼠兽也，畜至百余，家东西之鼠捕且尽，狸狌无所食，饥而嗥，束氏日市肉啖之。狸狌生子若孙，以啖肉故，竟不知世之有鼠；但饥辄嗥，嗥辄得肉食，食已，与与②如也，熙熙③如也。

南郭有士病鼠，鼠群行有堕瓮者，急从束氏假狸狌以去。狸狌见鼠双耳耸，眼突露如漆，赤鬣，又礰礰④然，意为异物也，沿鼠行不敢下。士怒，推入之。狸狌怖甚，对之大嗥。久之，鼠度其无他技，啮其足。狸狌奋掷而出。

——明·宋濂《龙门子凝道记》

① 狸狌：猫。
② 与与：徐徐而行的样子。
③ 熙熙：安和的样子。
④ 礰礰（zhé zhé）：象声词，形容老鼠的叫声。

天下无难事
——蜀鄙之僧

◆ 穿梭时空听故事 ◆

在四川的偏远地区，住了两个和尚，其中一个很有钱，另一个则非常贫穷。

一日，穷和尚对富和尚说："我想到南海去一趟，你看怎么样？"

富和尚惊讶地说问："你要怎么去？"

穷和尚说："我带着一个水瓶和一个钵，这就可以上路了。"

富和尚说："别开玩笑了！我这几年来想买条船，雇几个人划船到南海去，却一直没办法如愿。你这样怎么能到得了南海呢？"

两年后，穷和尚从南海归来，把旅行取经的心得和富和尚说了。富和尚不禁感到十分惭愧。从西蜀到南海，不知道有几千里的路程，然而穷和尚做到了，富和尚却没做到。

由此可见，有心立志做事的人，真该好好地想想两个和尚的例子啊！

◆ 悦读寓言 ◆

故事中的南海，固然可以直接理解为南方的海域、岛屿或国度，但从对话者的身份是僧侣来看，此处的南海应该另有所指。相传,观世音菩萨在南海普陀山说法,故又名南海观音,因此,"往南海"有到远方取经闻法的意思。

历史上最著名的长途跋涉取经案例,非唐代玄奘法师莫属。佛教经典于东汉末年传入中国,历经数百年发展至唐代时,异说林立的情形愈来愈严重。究其原因,还是汉译佛典不完整的缘故。佛教发源于天竺,天竺与中国相去千里,原版佛经的抄写、搬运是一个问题,翻译又是一个问题。玄奘法师发愿取经,就是为了解决中国佛教的这种困境。他启程前往西域时,甚至未能及时取得朝廷颁发的护照,因此他的旅行非常困难。但他凭着"宁向西天一步死,不愿东土一步生"的坚强毅力,最终还是顺利抵达天竺,实现了夙愿。

近年来,世界兴起一股旅行潮,"背包客"族群也应运而生。我们时常会听到"一千块环岛""十万台币环游世界"的壮举。曾有年轻人,背着背包,带着一千美元,就大胆地跑去澳洲玩了一个月。他是怎么办到的呢?原来他抵达澳洲后,先住廉价的旅社,然后到街头去唱歌弹吉他,一面交朋友一面赚旅费。等认识的人稍微多了些,朋友还会给他介绍一些零活,还轮流邀请他到家里住。于是他省下了不少吃住的费用,赚足了回程的机票钱,还跟着朋友们到处去观光。正是腿长在自己身上,路是自己走出来的,若真心想去哪里,没有人可以阻止。

◆ **原文重现** ◆

蜀之鄙①有二僧,其一贫,其一富。贫者语于富者曰:"吾欲之南海,何如?"富者曰:"子何恃②而往?"曰:"吾一瓶一钵足矣。"富者曰:"吾数年来欲买舟而下,犹未能也。子何恃而往!"越明年,贫者自南海还,以告富者。富者有惭色。

西蜀之去南海,不知几千里也,僧富者不能至而贫者至焉。人之立志,顾不如蜀鄙之僧哉?

——清·彭端淑《白鹤堂文集》

① 鄙:边陲、偏远之地。
② 恃:凭借。

以行善为念
——宋人好善

◆ 穿梭时空听故事 ◆

从前宋国有户乐善好施的人家,一连三代都行善不懈。一日,家中的黑牛无故生了头白牛,宋人便向学识渊博的先生请教此事。先生说:"这是吉兆,你们用白牛祭祀鬼神吧。"

一年后,宋人的眼睛失明了。这时家中的牛又生了头白牛。宋人又差遣儿子去向先生请教。儿子说:"之前听先生的话,把白牛当成祭品祭祀,结果弄得您的眼睛都瞎了!现在又要去请教他,这是为什么呢?"

宋人说:"圣人说的话,经常一开始看起来不太对,但最后都证明是正确的。这事儿我们都还不明白,你就去问问吧!"

儿子便又去向先生请教了。先生仍然说:"这次也是吉兆,你们用白牛祭祀鬼神吧。"儿子回家后,如实地向父亲禀报了。

宋人说:"就照先生的话去做吧!"过了一年,儿子的眼睛也失明了。

后来,楚国率大军攻打宋国,把城池团团包围起来。当时,城里粮食断绝,很多人交换儿女,杀了之后用以果腹;也有劈砍尸骸,拿来当柴烧。能打仗的男人都死了,于是老弱妇孺都拿起武器,站上城墙,誓死保护家园。

楚王对此非常愤怒，攻破城门后，便把守城的人一个也不饶地杀光了。那对失明的父子，因残疾而未上城墙，遂保住了性命。等楚军退走、危机解除后，父子俩的视力竟又奇迹般地恢复了。

◆ 悦读寓言 ◆

孔子曾说君子有三畏，即畏天命、畏大人和畏圣人之言。"畏"不是害怕恐惧，而是敬畏——尊敬、信任、打心里愿意奉行的意思。为什么要敬畏圣人之言呢？因为圣人的眼界和心胸，都比一般人来得宽广，而意识也更为超前；圣人的言行也许一时看来令人难以理解，但时间却会证明一切。

在禅宗公案中，类似的例子比比皆是。愈是道行高深的禅师，他的行为愈是让人摸不着头脑。比如，弟子来问何谓佛性，有的禅师跳起来拿拐杖打人，有的则回答"吃茶去！"。禅师的回答自然有其深意，弟子必须百分百信任老师的用心，耐心地琢磨那些看似莫名其妙的行径和话语，等到机缘成熟时，弟子就能了悟。

回到"宋人好善"这则寓言，《淮南子》秉持的观点是："夫福祸之转而相生，其变难见也"。"难见"是就普通人来说的，但圣人就是有办法预料福祸的变化。据《孔子家语》记载，有一年，齐国的宫殿来了一只独脚鸟，齐侯感到很怪异，便向孔子请教这件事。孔子说："这只鸟名叫'商羊'，它是天将降大雨、兴洪水的征兆。你们应该立刻整治沟渠、修筑堤防，做好防范水患的准备。"齐侯相信了孔子的话，回去后马上照办。没过多久，果然下起了大雨，河水暴涨。齐国因为事先做了准备才免去了一场灾难。因此，听圣人言不会吃亏。有时候懂得听话也是一种有福气的表现。

◆ 原文重现 ◆

　　昔者，宋人好善者，三世不解。家无故而黑牛生白犊①，以问先生②，先生曰："此吉祥，以飨鬼神。"居一年，其父无故而盲，牛又复生白犊，其父又复使其子以问先生。其子曰："前听先生言而失明，今又复问之，奈何？"其父曰："圣人之言，先忤而后合。其事未究，固试往复问之。"其子又复问先生。先生曰："此吉祥也，复以飨鬼神。"归致命其父。其父曰："行先生之言也。"居一年，其子又无故而盲。

　　其后楚攻宋，围其城。当此之时，易子③而食，析骸④而炊，丁壮者死，老病童儿皆上城，牢守而不下。楚王大怒。城已破，诸城守者皆屠之。此独以父子盲之故，得无乘城。军罢围解，则父子俱视。

——西汉·刘安《淮南子·人间训》

① 白犊：白色的小牛。
② 先生：对有学问的人的尊称。下文以"先生"为"圣人"，古来称圣人者，率多意指孔子，故亦有人直译"先生"为"孔子"。
③ 易子：交换小儿女。
④ 析骸：劈斩尸骸。

学习从按部就班开始
——纪昌学射

◆ **穿梭时空听故事** ◆

甘蝇是古代数一数二的弓箭手,听说他只要一拉弓,野兽和禽鸟就紧张得纷纷趴下。甘蝇的弟子名叫飞卫,他向甘蝇学习射箭,后来射箭的本事大大超过了老师。

有个名叫纪昌的年轻人,拜了飞卫为师。飞卫说:"你起码要先学会不眨眼,然后才能开始谈射箭!"纪昌回家后,天天躺在妻子的织布机下方,看着脚踏板上下翻动,练习不眨眼。两年之后,即使锥子的尖端刺到眼眶边,纪昌也不会眨一下眼。于是他便把学习成果向飞卫报告了。

飞卫听了,又出课题:"这还不够,还得先学会'看'东西。你若是看到小东西也觉得很大,看细微之物也能清清楚楚了,再来找我。"

为了做"视力"练习,纪昌用牛尾巴毛绑了一只跳蚤,悬挂在窗户上,每天都远远地盯着它看。十天后,跳蚤看起来似乎愈来愈大;三年之后,细小的跳蚤在纪昌眼里,竟如车轮般大而清晰。他再试着看其他东西,都好像山丘那么大。纪昌于是取来了燕地牛角加固的弓和楚国蓬杆做成的箭,屏息一射,成功地射穿了跳蚤,而丝毫没有伤到绑跳蚤的牛尾巴毛。他把这件事向飞卫说了,飞卫很高兴,跳起来拍着胸膛说:"恭喜啊!你掌握射箭的诀窍了!"

◆ 悦读寓言 ◆

纪昌向飞卫拜师学艺时,飞卫要求他先能"不眨眼""清楚地看见小东西",而后才能学习射箭的技巧。这并不算刁难,而是在强调"基本功"之于专业学习的重要性。就像学武术的人,一定要历经站桩的训练。这项训练很吃力、很耗时,又不能跳过去不做。站桩基本功不扎实的人,打拳时脚步会晃,全身的力道也会分配不均衡,再威猛的拳法打起来都会像绣花拳。

学书法的人都知道"永字八法"。所谓八法就是点、横、竖、钩、提、撇、短撇、捺,汉字的正楷结构皆不出这八种笔画的组合;熟练掌握"永字八法"的运笔技巧,自然就能书写自如。《古今法书苑》曰:"王逸少工书十五年,偏攻永字八法,以其八法之势,能通一切。"王逸少就是东晋的书法家王羲之。以王羲之对书法的造诣,他仍然持续琢磨"永字八法",可见基本功的确为一切变化创造的源头。

古时也有这样的故事。有个僧人千里迢迢来到一座寺庙,恭敬地向住持和尚请法。住持和尚打量了他一会儿,就扔给他一把扫帚,说:"去扫地吧!"僧人顺从地照做了。如此过了几个寒暑,僧人从单调的扫地动作中慢慢培养起专注力;又因为专注力愈来愈强,他变得不容易产生妄念,也不太会有烦恼。一日,住持和尚走到僧人身旁,对他说:"明天起不用扫地了,开始读经吧。"僧人这才恍然大悟，原来学佛法的门槛不是别的，正是定力。

不论学习什么，入门的基本功，无一例外，都是沉闷枯燥又需要耗费光阴来练习的。纪昌学射的故事也许有点夸张，却也准确地向后人传递了学习的不二法门。

◆ **原文重现** ◆

甘蝇，古之善射者，彀弓①而兽伏鸟下。弟子名飞卫，学射于甘蝇，而巧过其师。纪昌者，又学射于飞卫。飞卫曰："尔先学不瞬②，而后可言射矣。"纪昌归，偃卧其妻之机下，以目承牵挺③。二年之后，虽锥末倒眦，而不瞬也。以告飞卫。飞卫曰："未也；必学视而后可。视小如大，视微如著，而后告我。"

昌以牦悬虱于牖④，南面而望之。旬日之间，浸大也；三年之后，如车轮焉。以睹余物，皆丘山也。乃以燕角之弧、朔蓬之簳⑤射之，贯虱之心，而悬不绝。以告飞卫。飞卫高蹈拊膺⑥曰："汝得之矣！"

——战国·列御寇《列子·汤问》

① 彀(gòu)弓：拉满弓箭。
② 不瞬：不眨眼。
③ 牵挺：古时织布机的踏板。
④ 牖(yǒu)：窗户。
⑤ 簳(gǎn)：箭杆。
⑥ 拊膺：捶打胸脯。

人不能忘本
——忘己之麋

◆ 穿梭时空听故事 ◆

有个住在临江的人,出门打猎时捉到了一只小麋鹿,便带回家中豢养。他一进门,家里饲养的狗,全都流着口水、翘着尾巴迎上来,目不转睛地看着小麋鹿。主人非常生气,便出声吓走了狗。

从那天起,主人不时抱着小麋鹿,让狗接近它、习惯它;又命令狗不许乱动,让小麋鹿和狗一起玩耍。如此过了一段时日,这些狗愈来愈乖巧顺服,麋鹿也渐渐忘了自己是麋鹿,还以为狗都是它的好朋友。麋鹿和狗天天玩在一起,愈来愈亲密。狗害怕主人处罚,都表现出和麋鹿友好的样子,只是暗地里不时舔着舌头、吞咽口水。

三年后的一天,麋鹿走出门外,看见外头有成群的野狗,便跑过去想和它们嬉戏。

野狗们见状,又怒又兴奋,便集结起来咬死麋鹿,毫不客气地啃食它。麋鹿的毛皮、血肉和骨头散落在大道上,惨不忍睹。这只可怜的小动物,到死都不明白自己遇上了什么事啊!

◆ 悦读寓言 ◆

故事中这只小麋鹿死得有点冤枉了,它对狗没戒心,是后天教育造成的。柳宗元想寄寓的教训，大概是人不该被环境左右，忘了自己本来的样貌，有时候，这种疏忽会造成难以预料的后果。

宋代文学家司马光有个儿子名叫司马康。司马康从小多才多艺，相貌英俊潇洒。司马光的夫人非常疼爱他，经常让司马康穿着华美的衣服，好衬托他的年少光彩。司马光在一旁看着感到很忧心，于是写了篇《训俭示康》给儿子。

这篇千古名文，开头便写道："吾本寒家，世以清白相承。"即言司马氏原本是清寒之家，世世代代的子孙皆做人清白而正直。因为司马光是清贫起家的，所以他从小就不习惯华服，甚至他科举中第、参加皇帝设的筵席时，也不愿意在身上戴喜花。

和司马光同年中第的人劝他说："这是皇上设宴，不可以失了礼节。"司马光这才勉强戴了一朵喜花。司马光做了官，家里的经济自然好转，在优渥的环境中成长的司马康，很难明白父亲年幼时所吃的苦和借由勤俭培养起来的人格品行。因此，司马光写下《训俭示康》，用意就是希望儿子不忘本，记得白手起家的先人，同时也把勤俭当成美德，时时警示自己。

◆ **原文重现** ◆

临江之人，畋①得麋麑，畜之。入门，群犬垂涎，扬尾皆来。其人怒，怛②之。自是日抱就犬，习示之，使勿动；稍使与之戏。积久，犬皆如人意。麋麑稍大，忘己之麋也，以为犬良我友，抵触偃仆③，益狎。犬畏主人，与之俯仰甚善，然时啖其舌。三年，麋出门，见外犬在道甚众，走欲与为戏。外犬见而喜且怒，共杀食之,狼藉④道上。麋至死不悟。

——唐·柳宗元《柳河东集·临江之麋》

① 畋:打猎。
② 怛:出声恐吓。
③ 抵触偃仆:动物间的碰撞翻滚,形容亲密玩耍的样子。
④ 狼藉:散落无章的样子。

一步登天有可能吗？
——拔苗助长

◆ 穿梭时空听故事 ◆

宋国有个种稻的农夫，他很担忧稻子长不高，便认真思考了很久。最后，他终于想到办法了。他卷起袖子下田，把每一株稻苗都拔高了一些。

到了傍晚，农夫疲倦地回到家对家人说："今天好累啊！我一直忙着帮助稻苗长高哩！"

农夫的儿子听了，顿时感到大事不妙，连忙跑到田里察看。结果原本绿油油的稻苗，这会儿都成了半死不活的模样了。这都是"拔苗助长"惹的祸呀！

◆ 悦读寓言 ◆

这则"拔苗助长"的故事出自《孟子》。某次，公孙丑向孟子请教"浩然之气"是什么、该如何培养，孟子便以这个故事为例，说明欲培养与天理、正义共存的浩然之气，不能从别人身上偷，也不能操之过急。只有持之以恒地行正道，才能日积月累而形成正气。换言之，欲速则不达。该用十年培养的东西，若想在一夕之间令之长成，那一定会滋生出许多令人遗憾的事端。

在农业领域中,有个专业名词叫作"肥害",顾名思义,就是施肥造成的土地和作物伤害。施肥不就是"喂"作物们营养吗?怎么会造成伤害呢?原因就在于肥料含有氮及其他化学物质,过度施肥会导致土壤变质,或者会使作物因吸收过多的肥料而在内部残留硝酸盐等物质。这些"肥过头"的作物,若被吃进人体内,会造成轻重程度不一的中毒。施肥本是为了保障丰收,但若为了多一点收获而过度施肥,结果就会适得其反。

万事万物都有自己生长、进步的规律,循着轨道按部就班地前进,才是创造双赢局面的良方!

◆ **原文重现** ◆

宋人有闵①其苗之不长而揠②之者,芒芒然③归,谓其人曰:"今日病④矣,予助苗长矣。"其子趋而往视之,苗则槁矣。

——战国·孟轲《孟子·公孙丑上》

① 闵:同"悯",忧虑。
② 揠(yà):拔。
③ 芒芒然:疲倦的样子。
④ 病:疲累。

狭路相逢，勇者胜
——次非杀蛟

◆ **穿梭时空听故事** ◆

楚国有个勇士名字叫次非。一日，因缘际会，他在干遂这个地方得到了一把宝剑。次非返家渡过长江，船行到江中，忽然有两条蛟龙自水中冒出，紧紧地缠住了船只。船上的人无不惊恐地尖叫起来。

次非问船夫："你见过被蛟龙攻击还能平安行驶的船吗？"

船夫瑟瑟发抖地说："没见过哩！"

次非于是伸展手臂，脱去上衣，拔出宝剑大喊："这身躯也不过就是江中的腐肉朽骨罢了！如果舍弃了宝剑能保全自己，我又何必爱惜它呢？"语毕，便提起宝剑跳入江中，与蛟龙搏斗。好不容易杀死了这两条蛟龙，才又回到船上。就这样，次非救了一整船人的性命。

楚王听了这件事之后，便赏赐官位给次非，嘉奖他的勇气。孔子听了，也赞叹说："大难当前，不因脆弱的血肉之躯而放弃用剑，除了次非还有谁能这么英勇呢？"

◆ **悦读寓言** ◆

古时行船最怕遇到水难，因为这种恐惧心理，许多能操纵水流、破坏船只的神话怪物就慢慢地滋生出来了。故事中的蛟龙大约就是这类水怪。

寓言有其虚构性,但其中寄寓的人生道理却真实无比。和次非同船的人,在渡江时遇到了超乎想象的蛟龙。人的力气在凶猛的水怪面前显得非常渺小,在这种情况下,因恐惧而退却是人的本能反应。冲上前与蛟龙搏斗或许会丧命,但若只是害怕地在船上缩成一团,等在面前的则只有灭亡的命运。次非遂提起宝剑,忘却血肉之躯的渺小和恐惧,跳入江中与蛟龙相搏。因为他相信自己的力量,置生死于度外,那一线生机就让他给牢牢地握住了。

有些人在遇到事情的时候,清楚地知晓怎么做最符合人情义理。正因为他如此清楚明白,所有利害得失,乃至生死存亡,就都无法动摇他的心。

传说大禹到南方巡视,在渡过江河时,有条巨龙突然蹿出来,把大禹乘坐的船卷住,又高高地举起。所有的人都惊慌失措,但大禹却仰天长叹,说:"我依循天意为民治国,死生本有定数,区区一条龙有什么好害怕的呢?"听到大禹这番话,巨龙竟垂下头,惭愧地离开了。通达义理的人,能不为外物所惑,连生死都看得透彻,自然也就能身心安住,活得自在。

◆ 原文重现 ◆

荆①有次非者,得宝剑于干遂②。还反涉江,至于中流,有两蛟夹绕其船。次非谓舟人曰:"子尝见两蛟绕船能活者乎?"船人曰:"未之见也。"次非攘臂祛衣③,拔宝剑曰:"此江中之腐肉朽骨也!弃剑以全己,余奚爱焉!"于是赴江刺蛟,杀之而复上船。舟中之人皆得活。荆王闻之,仕之执圭④。孔子闻之曰:"夫善哉!不以腐肉朽骨而弃剑者,其次非之谓乎?"

——战国·吕不韦《吕氏春秋·恃君览·知分》

① 荆:指古代楚国。
② 干遂:地名,位于今江苏省苏州市。
③ 攘臂祛(qū)衣:露出手臂,撩起上衣。
④ 执圭:先秦楚国爵位名。圭以区分爵位等级,使执圭而朝,故名。

品德篇

居上位者应知的避讳
——公仪休辞鱼

♦ **穿梭时空听故事** ♦

公仪休做了鲁国的宰相后,他爱吃鱼这件事就流传出去了,百姓和官吏便争相送鱼给他。不过,任谁送来新鲜肥美的鱼,公仪休都一概推却了。

他的学生问:"您一向喜欢吃鱼,为什么不大方地收下呢?"

公仪休回答:"正因为我爱吃鱼,所以不能收这些赠礼啊!如果我因为收了这些鱼,被人说有贿赂之嫌而丢了官,往后即使我再怎么嘴馋,也很难给自己买到鱼了。现在我不收这些鱼,清清白白地保住官位,又何愁不能常常给自己买鱼呢?"

♦ **悦读寓言** ♦

公仪休是春秋战国时期鲁国人,贵族出身,曾做官至宰相。故事中,公仪休这种"正因为爱吃鱼,所以绝对不收人家送的鱼"的论调,给人一种大智慧的诙谐感。正所谓"小心驶得万年船",因此《淮南子》才会给他下了一句"此明于为人为己者也"的评语。"为人"是维护公众的权益,"为己"是保障自身的权益。天下的事有时候就是这么吊诡,凡是"为人"的事,经常到头来,利益都会回到自己身上,成了"为己"的事。反过来讲,若打从一开始就只懂得"为己"，那结果就真的祸福难料了。

《史记·循吏列传》中，曾记录了几则公仪休的轶事。"循吏"就是奉公守法、清廉正直的官吏。公仪休既然名在其列，当然就是出了名的清官了。他清廉到什么程度呢？《史记》说他"使食禄者不得与下民争利，受大者不得取小"。用现代白话文来说就是，公仪休认为有权势、享俸禄的人都是"既得利益者"，若再跟平民百姓争那么一点小便宜，那未免太有失厚道了。

公仪休不是仅仅唱高调而已，实际上也以身作则。据闻，他的家中若种出甜美的青菜，他就会命人把那菜圃的菜清理掉；他若见到家里织出美丽的布匹，就会叫人把织布机烧掉。公仪休是这么想的：若家中的菜好吃，他就不会去消费农人种的菜；若家里就有好布，不必去外头买，那些织布女工不就少了一个顾客？俸禄都是民脂民膏，拿俸禄的人，就要把这些钱用在百姓的身上，而不该用来创造"自给自足"的条件。公仪休实践清廉之道竟可以做到这种地步，历史上这种人还真是不多见呢！

◆ 原文重现 ◆

公仪休①相鲁，而嗜鱼，一国②献鱼，公仪子弗受。其弟子谏曰："夫子嗜鱼，弗受，何也？"答曰："夫唯嗜鱼，故弗受。夫受鱼而免于相，虽嗜鱼，不能自给鱼；毋受鱼而不免于相，则能长自给鱼。"

——西汉·刘安《淮南子·道应训》

① 公仪休：春秋战国时期的鲁国名臣。
② 一国：全国的人。

牛牵到北京还是牛
——纪侯好狙

◆ **穿梭时空听故事** ◆

从前,纪国的君王十分喜欢猕猴,便聘请来驯养猴子的专家,调教这些顽皮的动物。一位名叫脱土的驯猴师,他仿照人的模样,给猕猴戴上层叠的高冠,穿上绣着彩霞的衣裳和有鸾凤花纹的鞋。在脱土的训练下,猕猴的动作举止与人无异,叩拜、站立或跪坐,也是人模人样的。脱土暗自揣量,以为猕猴已经训练好了,便进献给纪侯赏玩。

纪侯看了猕猴的表演后非常高兴,便拿起酒杯,倒酒给猕猴喝。这猴子咕噜咕噜喝干了一杯酒,突然凶性大发,丢了酒杯,撕裂了身上的华服,跳着跑出去了。

猴子就是猴子,即使装扮成人的模样,内在的本质也不会有改变,遇到一点突发状况就原形毕露了啊!

◆ **悦读寓言** ◆

人们常说"真的假不了",反过来讲就是"假的很难真"。训练过的猴子,穿上冠袍,能惟妙惟肖地模仿人。然而在华贵的衣服和经过训练的"进退有度"背后,它依旧是颗猴子心。古来流传的怪谈中，有不少描述妖怪原形毕露的场景。鬼怪故事虽属妄谈，但往往是社会现实的翻版。遇到"照妖镜"而现出原形的精怪，基本上都和这寓言中的猴子有点像。欲"以假乱真"的下场，也往往证明了"假的很难真"的道理。

台湾民间有则讲傻女婿的笑话。从前有户富人把女儿嫁给了大商人的独子。这女婿虽然有的是钱，长得也还过得去，只可惜他傻乎乎的，经常讲出不得体的话。一日，岳父要过六十大寿，傻女婿出门去拜寿前，妻子交代说："今天我爹过大寿，你讲话要多带点'寿'字，讨个吉祥。千万别说错话了！"

傻女婿记住了妻子的叮咛，一进岳父家就大喊："恭祝寿比南山！"他吃个桃子就说："这寿桃真美味。"岳父又惊又喜，以为傻女婿终于不傻了，便唤他坐到身边来喝酒。傻女婿端着酒杯要敬岳父时，一不小心把酒洒到对方身上，他连忙拿出手巾，边擦边说："哎呀！我怎么把爹的寿衣给弄脏了！"接着，他笨手笨脚地又把装糕饼的木盒子弄掉了，便说："糟糕！这寿材怕是被我弄坏了！"满口"寿衣""寿材"的，岳父差点没被这傻女婿气昏过去。临阵磨枪或许能装装样子，但骨子里的文化素养却是装不出来的，状况一多，就容易露出马脚，这也是无可奈何的事呀！

◆ 原文重现 ◆

昔纪侯好狙[①]，使狙师教焉。狙师脱土，肖人[②]貌饰之，冠九山之冠，衣结霞之衣，蹑文鸾之履。升降周旋[③]，人也；拜立坐跪，人也。狙师度可用，进纪侯。纪侯观之乐，举觞觞焉。狙饮已,竟跳掷裂裳遁去。盖狙,假人貌饰形也,其心狙也,因物则迁。

——明·宋濂《宋文宪公全集》

① 狙(jū):猕猴。
② 肖人:按照人的模样。
③ 升降周旋:站立、坐下和转身,即动作举止之意。

夏虫岂可语冰
——井底之蛙

◆ 穿梭时空听故事 ◆

某村庄外有口水很浅的废井,井底住了一只青蛙。一日,青蛙见从东海来的大鳖走过,便热情地打招呼,寒暄之余,就炫耀起自己的住处来。

"我是多么快乐呀!"青蛙说,"我每天在井栏上跳着散步,跳累了就回到脱砖的井壁上休息。我跳进水里游泳,水刚好漫到胳膊弯下,轻轻托起我的头;踩着井底的泥,泥巴刚好没到脚背上。看看那些赤虫、螃蟹和蝌蚪,都没有我这么惬意!我占据着这摊浅水,独享拥有这口井的快乐。世上还有比这更美好的事吗?请你务必也进来赏一下光!"

大鳖听青蛙说得如此诱人,就走到了井边。不料,它左脚还没迈进井里,右脚就被绊住了。大鳖连忙后退几步,对青蛙说起大海的景象。

"朋友,你见过大海吗?大海之大,以千里的长度还不足以形容它的广阔;以八千尺那样的高度,也不足以量尽它的深度。大禹时代,十年内发生了九次大洪水,但大海的水量也没有因此而暴增;商汤时代,八年内曾有过七次严重旱灾,大海的水位也没有因此而降低。东海的水量不会随着时间而变化,也不会因为雨水多寡而暴增暴减。要我说的话，这种恒常的安定感，就是住在东海的快乐啊！"

青蛙最初惊讶得合不拢嘴，后来又露出怅然若失的样子。看来，它是明白了居于浅井之中与身处东海之广，是难以相提并论的吧！

◆ 悦读寓言 ◆

我们都知道"井底之蛙"是形容人见识浅薄而无知的样子。不过，庄子说这个故事还有另一层用意，他想指出以"小"去了解"大"是不可能的。满足于浅水井的青蛙，若未遇到住在东海的大鳖，它会以为普天之下没有比那口浅水井更舒适的地方了。所以，庄子说："井蛙不可以语于海者，拘于虚也；夏虫不可以语于冰者，笃于时也。"我们没办法和井底青蛙谈大海，因为它对空间的认识只限于一口井的大小；我们也很难对夏天的虫说明什么是冬天，因为夏虫对季节的认识，被它短暂的寿命局限了。

◆ 原文重现 ◆

子独不闻夫埳井①之蛙②乎？谓东海之鳖曰："吾乐与！出跳梁乎井干③之上，入休乎缺甃④之崖；赴水则接腋持颐⑤，蹶泥则没足灭跗⑥；还虷蟹与科斗，莫吾能若也。且夫擅一壑之水，而跨跱⑦埳井之乐，此亦至矣。夫子奚不时来入观乎？"东海之鳖左足未入，而右膝已絷⑧矣。于是逡巡⑨而却，告之海曰："夫千里之远，不足以举其大；千仞之高，不足以极其深。禹之时，十年九潦⑩，而水弗为加益；汤之时，八年七旱，而崖不为加损。夫不为顷久推移，不以多少进退者，此亦东海之大乐也。"于是埳井之蛙闻之，适适然⑪惊，规规然⑫自失也。

——战国·庄周《庄子·秋水》

① 埳(kǎn)井：埳，同"坎"。指浅水井。
② 蛙：同"蛙"。
③ 井干(gàn)：井边的栏杆。
④ 甃(zhòu)：井壁，以砖砌成。
⑤ 接腋持颐：形容入水时，水漫到腋下，浮起头颅的样子。
⑥ 跗(fū)：脚背。
⑦ 跨跱：占据。
⑧ 縶(zhí)：绊住，使活动困难。
⑨ 逡(qūn)巡：向后退的样子。
⑩ 潦(lào)：同"涝"。水灾。
⑪ 适适然：惊慌的样子。
⑫ 规规然：若有所失的样子。

身教重于言教
——曾子杀彘

◆ 穿梭时空听故事 ◆

一日,曾子的妻子打算去市场买点东西,儿子却跟在后头哭哭闹闹。

曾子的妻子于是哄着儿子说:"乖,不哭,不哭。你好好回家去,等我回来了,就杀头猪给你吃。"孩子信以为真,果真乖乖待在家里了。

曾子的妻子买完东西回家后,看到曾子拿起屠刀打算宰家里的猪。她连忙阻止丈夫说:"何必呢,我只是跟孩子说着玩的!"

曾子说:"你是说着玩的,但孩子可是很认真的。小孩生来并不是什么都知道,他是跟着父母学、听父母的教导才慢慢懂事的。你今天哄骗他,就是在教他欺骗。你欺骗了孩子,他以后就不信任你,这还怎么谈教育呢?"

说完,曾子便杀了猪,烹煮给孩子吃。

◆ 悦读寓言 ◆

《说文解字》曰:"信,诚也,从人言。"虽说人言为信,但"信"的概念最初还是来自大自然的变化规律。地球上日出日落、春夏秋冬的现象,是恒常不变的。人们在深冬冷得瑟瑟发抖时,就会知道春天不远了。为什么人们能如此确信呢?因为大自然的季节变化从来不曾"失约",永远对万物守信。既然天道恒信,人类的文明也就懂得效法天道,把"信"当成重要的美德。

在故事中,曾子为了教会儿子"守信",连猪都舍得杀。今天,我们常看到做父母的,为了制止小孩吵闹,故意做出吓唬的表情说:"再吵警察就会来抓你!"警察当然不会为了这种事抓小孩,父母注定言而无信。久而久之,孩子容易积累不信任感。

从前大兵法家孙武曾向吴王阖闾献兵法书,吴王想试试这套兵法是否真的有用,孙武便自愿为他训练女兵。建女子军队在当时是闻所未闻的事,吴王大感好奇,便派了两队宫女给他。孙武任命吴王的两名宠妃当队长,开始申明军队的纪律,击鼓演练。可想而知,这些宫女嫔妃都不把孙武的话当一回事,嘻嘻哈哈地闹成一团。经过训诫后,成效还是不明显,孙武于是依军令要将两名队长斩首。

吴王见爱妃即将被斩,急忙派人阻止。孙武以"将在外,君命有所不受"为由,还是将两名女队长法办了。自此之后,宫女们再也不敢嬉闹,一支纪律严谨的军队顺利地训练完成了。军令如山,若非靠威严和守信,就难以约束成员庞杂的军队。从曾子为了守信而为子杀猪,到孙武为了军信而杀嫔妃,"信"在古人的品行认知中,的确占了相当重的分量。

◆ 原文重现 ◆

曾子之妻之市,其子随之而泣,其母曰:"女^①还,顾反为女杀彘②。"妻适市来,曾子欲捕彘杀之,妻止之曰:"特与婴儿③戏耳。"曾子曰:"婴儿非与戏也。婴儿非有知也,待父母而学者也,听父母之教。今子欺之,是教子欺也。母欺子,子而不信其母,非以成教也。"遂烹彘也。

——战国·韩非《韩非子·外储说左上》

① 女:同"汝",代词"你"。
② 彘(zhì):猪。
③ 婴儿:小孩儿。

徒具好礼之名的迂腐
——假阶救火

◆ 穿梭时空听故事 ◆

赵国成阳堪的家里着火了,家人想灭火,却苦于没有梯子可以用,便急忙叫儿子成阳肭向奔水氏商借。成阳肭于是穿上体面的衣裳,稳重而从容地出门了。

成阳肭见到奔水氏后,先是拱手行礼,而后缓步进到屋里,安静地坐在西面的柱子间。奔水氏命令仆人设宴接待,很客气地招呼成阳肭吃肉喝酒。成阳肭于是站起身来举杯喝酒,也回敬了主人一杯。

喝完酒后,奔水氏问:"敢问先生,今日莅临寒舍有何指教?"

成阳肭说:"上天降祸于我家,祝融肆虐,火势愈烧愈烈。家人想从高处灌水灭火,但苦于身上没长翅膀,只好望火兴叹。听说您有可以登高的梯子,能否借我一用?"

奔水氏大惊,跺着脚说:"哎呀!您也太迂腐了,太迂腐了!若在山里吃饭时遇到老虎,一定是吐掉饭菜赶紧逃命;若在溪畔洗脚时遇到鳄鱼,一定是连鞋都来不及穿就赶紧逃跑!房子正被火烧着,您哪里还有作揖行礼的时间啊!"

说完,奔水氏就扛上梯子,气急败坏地往成阳家跑去。然而等他赶到时,成阳家的屋子早已烧毁了。

◆ **悦读寓言** ◆

成阳朒的"朒"字,本指农历月初的月亮,后引申为不足、有亏缺的样子。宋濂给主人公取了这样的名字,可能意有所指。成阳朒的确是彬彬有礼的,只可惜他不懂得看时机做变通,便给人留下了迂腐的印象,这就是他有所缺憾之处。

生活中总是有顾不上礼节的时候。古人最初在制定礼仪时,依据的是天道和人性。只是随着时间的推移,礼仪加入了许多文化、名分、阶级的元素,这才变得烦琐起来。古语说"有礼能走天下,无礼寸步难行",礼在中国人心目中的确占了很重的分量,有时甚至变相成了一种束缚。

魏晋南北朝时,曾有过礼教和自然之争。人是应顺从礼教的规范,还是率性自然好呢?在阮籍看来,礼教一文不值,他只在乎性情的自然流露。据说阮籍和母亲的感情很好,母亲过世时,他的表现完全像个"狂人"。某日裴楷前去吊唁,阮籍一点儿都没遵守丧家礼节的意思,他看起来酒还没醒,又披头散发、一脸茫然。裴楷洒了点泪,静静地点香,说了些致哀的话便离开了。旁人问裴楷:"按照礼法,主人要先哭来客才能哭。阮籍既然没有哭,你又为什么要哭呢?"裴楷说:"阮籍是方外之人,本来就不看重礼法,但我们是俗人,得按规矩行事,所以我做我该做的就好了。"

阮籍因为悲伤而不想管什么礼法,但裴楷是去吊唁的人,依循礼法对他而言比较妥当。权衡之下,他们的确各自表现、各自尽哀比较明智。"礼"本来就有合理、合宜的意思,阮籍与裴楷的故事,倒也展现了另一种思考的方式。

◆ 原文重现 ◆

赵成阳堪,其宫火,欲灭之,无阶可升,使其子朒假于奔水氏。朒盛冠服委蛇而往,既见奔水氏,三揖而后升堂,默坐西楹间。奔水氏命傧者设筵,荐脯醢①觞朒。朒起执爵啐酒②且酢③主人。觞已,奔水氏曰:"夫子屈临敝庐,必有命我者。敢问?"朒方白曰:"天降祸于我家,郁攸④是祟,虐焰方炽,欲缘高沃之,肘弗加翼,徒望宫而号。闻子有阶可登,盍乞我?"奔水氏顿足曰:"子何其迂也!子何其迂也!饭山逢彪⑤,必吐哺而逃;濯溪见鳄,必弃履而走。宫火已焰,乃子揖让时也!"急舁⑥阶从之,至则宫已烬矣。

——明·宋濂《宋文宪公全集》

① 荐脯醢:进呈肉干、肉酱。
② 执爵啐(cuì)酒:拿起酒杯,尝一口酒。
③ 酢(zuò):宾客以酒回敬主人。
④ 郁攸:火灾。
⑤ 彪:老虎。
⑥ 舁(yú):扛。

巧诈不如拙诚
——乐羊食子

◆ **穿梭时空听故事** ◆

魏国率兵攻打中山国,乐羊被魏国宰相推举为大将。很不巧,乐羊的儿子在中山国做官。中山国将他儿子高高吊起来,以此威胁乐羊。乐羊不为所动,继续指挥军队强攻猛打。

中山国于是使出残忍的手段:他们杀了乐羊的儿子,将尸骸烹煮成肉羹,派人送去给乐羊。结果,乐羊默默地吃了一大碗。中山国见乐羊的决心如此坚定,便也打消了几分久战的意图。没过多久,乐羊就顺利地攻下了中山国,替魏文侯开拓了疆土。魏文侯表面上奖赏乐羊的战功,心底却开始怀疑他的为人。

鲁国国君孟孙打猎时,捕获了一只小鹿,就命令秦西巴把猎物带回宫里。一路上,母鹿尾随在后,哀伤地叫着。秦西巴见了很不忍心,便放了小鹿。孟孙知道后非常生气,因此放逐了秦西巴。

一年后,孟孙又把秦西巴召回宫廷,让他担任太子的老师。左右臣子见状,不解地问:"秦西巴冒犯了君王,是有罪的,为什么让他来做太子的老师呢?"孟孙回答:"他连一头鹿都不忍心伤害,又怎会忍心伤害我儿子呢?"

常言道:"巧诈不如拙诚。"乐羊建立了功勋,反而招来怀疑;秦西巴触怒了君王,后来却得到信任。这就是仁与不仁的差别!

◆ **悦读寓言** ◆

读完这故事,我们也许想为乐羊说几句话。敌方把乐羊之子烹成肉羹,这消息想必在军中引起了骚动,乐羊若打算豪气地喝一大碗,用以稳定军心,这也是情有可原的。《封神演义》写西伯昌遭囚禁时,妲己唆使纣王把西伯昌的儿子杀了做成馅饼,送去给西伯昌,用以测试他的忠诚。西伯昌为了保命,含泪吃下三个馅饼,还叩谢君王赏赐。乐羊食子是为了国家和功勋,西伯昌则是为了保命。所谓"虎毒不食子",还不到万不得已的地步,乐羊却把"食子"当成一种军事策略,这就是他失去魏文侯信任的原因。

春秋时期,齐国也发生过类似的事。某日齐桓公战胜归来,喟叹:"天下的山珍海味都吃过了,唯独没吃过人肉!"他的近臣易牙听到后,竟回去把儿子杀了,烹制成菜肴,进献给齐桓公。后来齐国的宰相管仲打算引退时,曾进言齐桓公,易牙这个人不可信任。因为易牙竟然能为君王的口腹之欲杀子,他连亲生儿子都不爱,又怎会敬爱君王呢?可惜,齐桓公没听进忠臣的良言,仍然重用了竖刁、易牙这类品德有缺陷的人。结果三年后,齐桓公南游之时,竖刁和易牙便发起了政变。齐桓公遭受围困饥渴而死,整整三个月都无人前来收尸。

用人要看才能,但仁德也很重要。毕竟普天之下无迫不得已之理由而敢食子、烹子的人,还真找不出几个哩!

◆ **原文重现** ◆

乐羊为魏将以攻中山①。其子在中山,中山县②其子示乐羊,乐羊不为衰志，攻之愈急。中山因烹其子而遗③之羹，乐羊食之尽一杯。中山见其诚也，不忍与其战，果下④之，遂为魏文侯开地。文侯赏其功而疑其心。孟孙猎得麑，使秦西巴持归，其母随而鸣，秦西巴不忍，纵而与之。孟孙怒而逐秦西巴。居一年，召以为太子傅。左右曰："夫秦西巴有罪于君，今以为太子傅，何也？"孟孙曰："夫以一麑而不忍，又将能忍吾子乎？"故曰："巧诈不如拙诚。"乐羊以有功而见疑，秦西巴以有罪而益信，由仁与不仁也。

——西汉·刘向《说苑·贵德》

① 中山：国名，春秋时期的小国。
② 县：同"悬"。
③ 遗(wèi)：送给。
④ 下：攻下。

教育的原点
——择人而树

◆ 穿梭时空听故事 ◆

阳虎出了点事故,得罪了卫国,便北上对赵简子吐苦水:"以后我再也不要栽培人才了!"

赵简子问:"为什么呀?"

阳虎说:"现在宫廷里的人,有一半以上都是我提携的;在朝廷中做官的,有一半以上都是我提拔的;在边疆领军的,也有一半以上都是我栽培的。结果呢,那些在宫廷里的,整天对国君说我的坏话;在朝廷做官的,老是陷我于危险之境;在边疆的,竟带着军队来追击我!"

赵简子说:"贤明的学生懂得报恩,不肖的学生只知道报怨。栽种桃树和李树的话,夏天可以乘凉休憩,秋天可以收获果实;要是种了蒺藜,大热天没得乘凉不说,到了秋天还会被它的刺扎到。你栽培的是蒺藜,不是桃李啊!从今以后,你选择贤善之材来栽培吧!别花心血栽培了,才开始分辨他是贤善还是不肖!"

◆ 悦读寓言 ◆

阳虎是鲁国人。鲁国的朝政素来由三桓(季孙氏、叔孙氏、孟孙氏)共掌。阳虎最初运用权谋得到了季孙氏的信任,进而把持朝政。但好景不长，阳虎在与卿大夫的斗争中落败，逃到齐国后，又辗转流落到晋国。晋国的大夫赵鞅，很中意阳虎的才干，便将他留下来做幕僚。

不过如此看来，阳虎的确是品德有点问题。据《孔子家语》记载，当孔子听到赵鞅收留阳虎时，曾说了句重话："赵氏一门迟早会遇到祸事！"

赵鞅的近臣也纷纷劝谏："何必留任这样的人呢！"

赵鞅却只是笑笑说："我知道阳虎善于窃取政权，但只要我站得稳，他就没有机会作乱。"赵鞅就凭着这强大的自信心，任用阳虎推行一连串的政策改革。

过了一阵，阳虎果然故态复萌，又开始在"台面下"活跃起来。一日，赵鞅把阳虎找去，递给他一个折子，上面详细地记录了阳虎贪污的金额和擅权之活动。阳虎当场吓得冷汗直流，此后便收敛了行径，一心一意帮赵鞅处理政事。这正是乱臣遇到强势的主子，也只得退却三分。

故事中说的"树人"和孔子的育英才不同。阳虎所做的其实就是安插人马，用以壮大自己的势力。正因他动机不良，来依附、求他提拔的，也多是怀有目的的人。用这种方式栽培出来的"门生"，当然不懂得尊师重道，不是联合起来弹劾他，就是暗地里排挤他。择善者而栽培之，结果就是桃李满天下；而建立在利害之上的师生关系，终究无法久长。"阳虎树人"就是一则栽培人才的负面示例。

◆ **原文重现** ◆

阳虎①得罪于卫,北见简子②曰:"自今以来,不复树人矣。"简子曰:"何哉?"

阳虎对曰:"夫堂上之人,臣所树者过半矣;朝廷之吏,臣所立者亦过半矣;边境之士,臣所立者亦过半矣。今夫堂上之人,亲却③臣于君;朝廷之吏,亲危臣于法;边境之士,亲劫臣于兵。"简子曰:"唯贤者为能报恩,不肖者不能。夫树桃李者,夏得休息,秋得食焉;树蒺藜④者,夏不得休息,秋得其刺焉。今子之所树者,蒺藜也,非桃李也。自今以来,择人而树之,毋已树而择之。"

——西汉·刘向《说苑·复恩》

① 阳虎:一名阳货。春秋时期鲁国权臣,后投奔晋国,为赵简子幕僚。
② 简子:赵简子,原名赵鞅,为晋国的名臣。
③ 却:排挤、排除之意。
④ 蒺藜:一年生草本植物,茎蔓生于沙地,果实带刺。

道近则易从
——曲高和寡

◆ 穿梭时空听故事 ◆

某日楚国热闹的郢都城中,来了一位擅长歌唱的旅人。大家都围着他,期待能听到几首好歌。

一开始,旅人清了清喉咙,唱起《下里》《巴人》。这些歌曲都很通俗,所以城里和着拍子一起大声唱的,有千人之多。而后旅人唱起《阳陵》《采薇》这类有点难度的歌谣时,城里还能跟着一起唱的,大约有数百人。

当他唱起冷僻又有难度的《阳春》《白雪》时,能一同唱和的只剩数十人。最后,旅人使出浑身解数,唱出无与伦比的艺术歌曲时,能听得懂还一起唱的,只剩寥寥数人。

歌曲愈高雅,艺术境界愈高,能跟着唱和的人也就愈少啊!

◆ 悦读寓言 ◆

故事中所说的《下里》《巴人》,就是俚俗的民歌,或相当于我们现在说的流行歌曲;而《阳春》《白雪》,就是艺术歌曲了。有些人对于西洋的古典歌剧望而却步,但即使是歌剧也有难易之分。比如莫扎特的《魔笛》、威尔第的《茶花女》,这些都是很普及的、大家耳熟能详的曲目；但若说到瓦格纳的《尼布龙根的指环》，听过曲名的人就很少了，仔细听完全剧的人更少了。这部歌剧包含了四部曲，总长度超过十六小时，内容从英雄、神话、爱情故事到哲学、宇宙观等无所不包，可谓是艰深中的艰深之作。

唐代诗人白居易，曾以写作"老妪能解"的诗自勉。比起写艰涩难解的诗，他更希望自己的诗能让群众欣赏。比如《夜雪》就是一首浅白清新的作品。诗云："已讶衾枕冷，复见窗户明；夜深知雪重，时闻折竹声。"这是说半夜因寒冷而睁开眼睛，才知下了场雪，又听到竹子折断的声音，心里便明白："啊！这场雪原来下得不小啊！"《夜雪》所写的，是人人都能懂的情感和经验，又用字浅白，自然就容易普及。

另一位唐代诗人陆畅，也写过入夜逢雪的诗《惊雪》。诗云："怪得北风急，前庭如月辉。天人宁许巧，剪水作花飞。"比起《夜雪》，这首诗把飞雪的视觉美形容成仙人剪水而成的片片飞花，诗中的艺术性提升了，所以鉴赏的门槛也就提升了。不过，两首诗虽然难易不一，却都是好诗。

大众艺术和小众艺术并没有优劣之分。前者把普遍的情感和事物，化为简单易懂的美丽形式；后者专注于深奥的美与体悟，将之化为独特且深刻的作品。不论哪一种，只要有人能从中获益，它就是人类文明的瑰宝。

◆ **原文重现** ◆

客有歌于郢中者，其始曰《下里》《巴人》，国中属[①]而和者数千人;其为《阳陵》《采薇》,国中属而和者数百人;其为《阳春》《白雪》,国中属而和者数十人而已;引商刻羽,杂以流徵②,国中属而和者不过数人。是其曲弥高者,其和弥寡。

——西汉·刘向《新序·杂事第一》

① 属(zhǔ):跟随。
② 引商刻羽,杂以流徵(zhǐ):商、羽、徵为古音律名。此意为讲究声律、艺术精湛的演奏。

为了真理所付的代价
——和氏之璧

◆ 穿梭时空听故事 ◆

春秋时期有一个楚国人,名字叫卞和。他在楚山中找到了一块未曾雕琢的璞玉,便将此璞玉献给楚厉王。厉王便命令雕琢玉石的工匠来鉴定,玉匠却说:"石也。"也就是判定这是一块不含玉的石头。于是厉王认为卞和是个骗子,便判处他刖刑,叫人砍断了他的左脚。

等到厉王去世,武王继位后,卞和又将此璞玉献给武王,武王亦命玉匠鉴定,玉匠又说:"这是石头。"自然,武王也把卞和当成骗子,又判处他刖刑,这次命人砍断了他的右脚。

待武王去世,文王即位,卞和仍然不死心,于是在楚山下抱着那块璞玉痛哭。文王知道了这件事后,让人去问他是什么原因。

使者问:"天下被砍脚的人多了,你为什么哭得这么伤心呢?"

卞和说:"我不是为砍脚而悲伤,我悲伤的是宝玉被说成是石头,忠贞的人被说成是骗子,这才是我悲伤的原因。"

于是,楚文王就让治玉的匠人雕琢那块石头,竟真的从中得到一块美玉,这块美玉就被命名为"和氏之璧"。

◆ 悦读寓言 ◆

故事中的卞和向国君献宝却被砍断左脚。待新王继位，他拖着伤残之躯再次进献，结果又被砍断右脚。从此卞和双腿尽残，每日仰天大哭。稀世宝璧被认为是石头，卞和也被看成是疯子。几十年后，楚文王继位，得知此事，命工匠把这块石头打开，发现是一块罕见的美璧，价值连城。后来著名的"完璧归赵"的故事，其中的璧即指此璧。

真理被接受总要走一段艰辛而曲折的路。每当真理出现的时候，总是只有一部分人能够识别并坚持。"和氏璧"这个故事后来流传很广，也被一些人用来表达那种怀才不遇的心情。

事实上，很多时候只凭着主观认定而做出的判断，可能使我们错失许多可贵的机会。这样的教训，在古今中外的历史上不胜枚举。世间千里马未必少，但伯乐却难得。

◆ 原文重现 ◆

楚人和氏得玉璞楚山中，奉而献之厉王；厉王使玉人相①之，玉人曰："石也。"王以和为诳②，而刖③其左足。及厉王薨④，武王即位，和又奉其璞而献之武王；武王使玉人相之，又曰："石也。"王又以和为诳，而刖其右足。武王薨，文王即位，和乃抱其璞而哭于楚山之下；三日三夜，泣尽而继之以血。王闻之，使人问其故，曰："天下之刖者多矣，子奚哭之悲也？"和曰："吾非悲刖也，悲夫宝玉而题之以'石'，贞士而名之以'诳'，此吾所以悲也。"王乃使玉人理其璞而得宝焉,遂命曰"和氏之璧"。

——战国·韩非《韩非子·和氏》

① 相:鉴定。
② 诳:欺骗。
③ 刖:断足,古代的一种肉刑。
④ 薨:古代诸侯死亡叫"薨"。

学无止境的道理
——薛谭学讴

◆ 穿梭时空听故事 ◆

薛谭向秦国著名的歌者秦青学习歌唱,一段时间后,尚未学完秦青的技艺,他就觉得没什么好学的了,于是就向秦青告辞要回家了。

秦青并没有劝阻他,而是在城外大道旁为他饯行。秦青打着节拍,高唱悲歌。他的歌声深深震动了森林里的林木,回响止住了高空流动的云。薛谭听了老师的歌唱,认识到自己的歌艺仅得皮毛,感到惭愧,于是请老师原谅,留下来继续学习、深造。从此以后,薛谭再也没有提出过回家的事。

秦青对他的朋友说:"从前韩国的韩娥到东边的齐国去,粮食用尽了,在经过齐国城门雍门时,韩娥便在那儿卖唱乞讨食物。后来,虽然她走了,但是雍门还有余音绕着中梁,三日不停,住在附近的人还以为她人没有走呢。她住客栈时,客栈的人轻言侮辱她,韩娥因此放声哀哭,整个里弄的老小听了都悲伤愁苦,相互垂泪以对,三天都吃不下饭。住在里弄的人赶紧去把她追回来。韩娥回来后,又放声歌唱,整个里弄的老小听了都欢喜跳跃,拍手舞蹈,不能克制自己,全忘了刚才的悲伤。里弄的人于是给了她很多钱财为她送行。住在雍门的人,至今还善于唱歌表演,那都是效仿韩娥留下的歌唱技艺啊!"

◆ **悦读寓言** ◆

世人观察事物、判断是非，因为要受视角、思维定式、人生经历、身处环境、身居地位等诸多要素的影响或约束，获取的印象和做出的结论，可能出入很大，于是人们各执己见，各述己论，莫衷一是。

读书也同此理。人们同读一本书，各有各的解读方法，各有各的读后感想。这个故事说明了学习必须虚心、持之以恒，不能骄傲自满、半途而废。

从薛谭自认学成求返，秦青并不劝阻，而是用"事实"来说服他这一点，就可发现秦青是个高明、有真才实学的老师，知道真正的道理是从实际生活中抽象出来的。而薛谭作为学生有两个可取之处：一是他并没有不告而别；二是他迷途知返，这些都是基本的学习态度。

"人因自觉而成长，因自满而堕落。"在学习时应该虚心求学，千万不可骄傲自满，以免抱憾！

◆ **原文重现** ◆

薛谭学讴①于秦青，未穷②青之技，自谓尽之；遂辞归。秦青弗止③；饯于郊衢④，抚节⑤悲歌，声振林木，响遏行云。薛谭乃谢⑥求反⑦，终身不敢言归。秦青顾谓其友曰："昔韩娥东之齐，匮粮，过雍门，鬻歌假食。既去而余音绕梁欐，三日不绝，左右以其人弗去。过逆旅，逆旅人辱之。韩娥因曼声哀哭，一里老幼悲愁，垂涕相对，三日不食。遽而追之。娥还，复为曼声长歌。一里老幼喜跃抃舞，弗能自禁，忘向之悲也。乃厚赂发之。故雍门之人至今善歌哭，放⑧娥之遗声。"

——战国·列御寇《列子·汤问》

① 讴：唱歌；
② 穷：尽，完。
③ 弗止：没有劝阻。
④ 饯于郊衢：在城外大道旁给他饯行。
⑤ 抚节：打着节拍。
⑥ 谢：道歉。
⑦ 反：同"返"，返回。
⑧ 放：同"仿"，模仿，效仿。

以德报怨
——梁亭夜灌瓜

◆ 穿梭时空听故事 ◆

梁国的边境,有位叫宋就的大夫在那儿当县令。这个县和楚国的郡县相邻,且双方的边亭都有大片的瓜田。梁国边亭的人勤于浇水除草,所以他们的瓜长得又大又美。楚国边亭的人懒惰而疏于灌溉,所以他们的瓜长得又小又丑。

楚国边境的县令嫉妒梁国的瓜长得美,就派人每晚去翻掘人家的瓜田,梁国的瓜于是渐渐地枯死了。梁国边亭的人察觉了楚国的恶作剧,便向亭长报告,也打算每晚偷偷去破坏楚国的瓜田。亭长把这件事上报了宋就。

宋就摇头说:"唉,这怎么可以呢?人与人一旦结怨,就是种下祸端。人家对不起你,你也准备对不起人家,这心胸也太狭窄了!照我教你们的去做吧。从现在开始,你们每晚都去楚国的瓜田帮忙浇水,而且不能让对方知道。"

就这样,梁国边亭的人便每晚偷偷到楚国的瓜田做"义工",楚国边亭的人白天巡视瓜田时,常常发现每株瓜都浇过水了。没多久,楚国的瓜长得愈来愈漂亮。楚人心里感到很奇怪,便躲在暗处观察,这才发现原来是梁国兵营帮的忙。

楚国边境的县令知道这件事之后,感到非常高兴,便向楚王报告。楚王听了，心中涌起一阵惭愧，下令说："去调查一下破坏梁国瓜田的是谁！看看他们有没有做其他对不起人家的事情。"接着楚王又准备了丰厚的礼物，请人转交给梁王，并表达自己的歉意。从此之后，楚王时不时就称赞梁王，梁王则认为楚王是可以信任的人。说起来，楚、梁两国交好，都是宋就的功劳啊！

◆ 悦读寓言 ◆

这个故事最精彩的地方，就是宋就说出"人恶亦恶，何褊之甚也"这句话。他指责了心胸狭窄的"以牙还牙"行为。

印度流传的佛陀故事，其中有一则是这么说的：某日佛陀对弟子说法时，有个外人走进来，朝佛陀的脸吐了口痰。弟子们先是惊讶，等反应过来后，不禁火冒三丈。他们对佛陀说："老师，请允许我们去教训这个狂徒！"佛陀说："你们为什么要这么愤怒？他只是对我吐痰，我没有受伤，你们却准备去伤害他。他已经做错事了，而你们也准备让自己犯错吗？""以牙还牙"看起来很合情理，但实际上只会让人做出更多不理智的事。

曾经有人问孔子，"以德报怨"是不是正确的行为？孔子回答说，应当"以直报怨，以德报德"。意即与其对做错事的人施恩，还不如用正直的态度对待他。孔子倒不是认为不该以德报怨，而是他很在意能否规正错误行为这件事。

《了凡四训》曾写道：明代的吕文懿辞官回乡后，很受乡里的人爱戴。但有一天，一个醉汉走到他面前，骂了一大串难听的话。

吕公没放在心上，告诉仆人说："不需要跟喝醉酒的人计较。"一年后，这个醉汉犯了死罪，被关入牢狱等候发落。吕公十分懊悔。他想，当时要是给这醉汉一点责罚，这个人也许会以此为戒，不至于在日后犯下滔天大罪。

看来，什么情况该"以德报怨"，什么情况该"以直抱怨"，这也是需要用智慧来判断的。

◆ 原文重现 ◆

梁大夫有宋就者，尝为边县令，与楚邻界。梁之边亭①与楚之边亭皆种瓜，各有数。梁之边亭人劬力②数灌其瓜，瓜美。楚人窳而希灌③其瓜，瓜恶。楚令因以梁瓜之美怒其亭瓜之恶也，楚亭人心恶梁亭之贤己，因往夜窃搔梁亭之瓜，皆有死焦者矣。梁亭觉之，因请其尉，亦欲窃往报搔楚亭之瓜。尉以请宋就。就曰："恶！是何可？构怨，祸之道也。人恶亦恶，何褊④之甚也。若我教子，必每暮令人往，窃为楚亭夜善灌其瓜，勿令知也。"于是梁亭乃每暮夜窃灌楚亭之瓜，楚亭旦而行瓜⑤，则又皆已灌矣。瓜日以美，楚亭怪而察之，则乃梁亭之为也。楚令闻之，大悦，因具以闻楚王。楚王闻之，恕然⑥愧，以意自闵⑦也。告吏曰："征搔瓜者，得无有他罪乎？此梁之阴让也。"乃谢以重币，而请交于梁王。楚王时则称说，梁王以为信，故梁楚之欢由宋就始。

——西汉·刘向《新序·杂事第四》

① 边亭：边地的亭。亭是秦汉时乡以下的一种行政机构。
② 劬（qū）力：勤劳努力。
③ 窳（yǔ）而希灌：怠惰而鲜少灌溉。
④ 褊（biǎn）：狭隘，狭小。
⑤ 行瓜：巡视瓜田。
⑥ 怒（nì）然：忧思的样子
⑦ 自闵：闵，同"悯"。暗自感到忧心。

乐师的眼光
——良桐

◆ 穿梭时空听故事 ◆

工之侨是擅长制作琴的工匠。有一天,他得到一段材质良好的桐木,便拿起刀斧又削又砍,做成了一张琴。他试着弹了弹这张琴,发觉琴音铿锵而优美,可能是把天下数一数二的好琴。工之侨于是把琴献给了朝廷里的太常。

太常让宫廷中的乐师轮流来看这把琴,然而乐师们却说:"这琴不是古琴!"说完就退还给了工之侨。

工之侨回家后,拜托专门给乐器上漆的师傅,请他在琴身上漆出不规则的断纹;又去拜托雕刻文字的师傅,让他在琴身上雕镂出古雅的文字和花纹。如此"加工"之后,工之侨把琴放在盒子里,埋到地底下。

一年后,工之侨把琴挖出来,抱着它到市场上去找买家。有个权贵正好路过,他只看了一眼,就立刻用一百金买了来,然后当成宝物献给朝廷。朝廷的乐师轮流欣赏这把琴,忍不住赞叹说:"真是稀世的珍宝啊!"

这件事传到了工之侨耳朵里,他长长地叹了口气说:"唉,世道真是悲哀啊,这又何止是一张琴的遭遇而已!大概每件事都是这样吧。我若不趁早为自己做打算,就得和这世道同生共死了!"于是他收拾行囊,隐居到很偏僻的深山中,再也没有人知道他的消息。

◆ 悦读寓言 ◆

以前有首老歌,歌名叫《现在流行什么》。"现在流行什么?"歌词里反复唱着这个问句。"流行"没有太深的道理,也不见得是对的。流行所标榜的价值,有时候会迷惑人们的眼睛和心灵,让真诚的东西被外表的装饰埋没了。

假如现在流行的是"古风",那可以想见,什么东西都得"古里古气"才会受欢迎;反之,则可能乏人问津。工之侨的琴就是遇到了"崇古"的窘境。明明是难得的好琴,却因为"弗古",就被退货了。工之侨在琴身上下了点功夫,把它"整容"成古琴后,不但卖了高价,宫廷里的乐师也点头承认这是件稀世奇珍。这把琴"变身前"和"变身后"的音质并没有变化,不同的只有琴的外表,然而它的前后际遇,落差却如此之大。

国外曾有化妆品广告上演过这样的桥段:一个纯朴的女孩鼓起勇气,向心仪的男孩告白;但男孩嫌弃她不假修饰的外表,冷冷地拒绝了。于是女孩买了化妆品,又添置了时髦的新衣,摇身一变为让人目不转睛的可人儿。男孩注意到了女孩的转变,竟主动来邀请她吃饭,百般殷勤。女孩抬高了自己身价,却也了解了男孩的心。最后她嫣然一笑,转头离开了。

有时候,个人很难和整个社会所崇尚的价值观对抗。然而,"真金不怕火炼",与其附庸风雅,不如坦率地做自己,也能开创独树一帜的人生。

◆ **原文重现** ◆

工之侨得良桐焉,斫①而为琴,弦而鼓之,金声而玉应,自以为天下之美也,献之太常②。使国工视之,曰:"弗古。"还之。工之侨以归,谋诸漆工,作断纹焉;又谋诸篆工,作古窾③焉。匣而埋诸土,期年出之,抱以适市。贵人过而见之,易之以百金。献诸朝,乐官传视,皆曰:"希世之珍也!"工之侨闻之,叹曰:"悲哉世也。岂独一琴哉?莫不然矣。而不早图之,其与亡矣。"遂去,入于宕冥之山,不知其所终。

——明·刘基《郁离子·良桐》

① 斫(zhuó):以刀或斧削砍。
② 太常:官廷中掌管礼乐的官吏。
③ 古窾(kuǎn):窾,缝隙。指刻镂出古典的花纹。

为自己发声
——鸲鹆效言

◆ 穿梭时空听故事 ◆

南方有一种特殊的鸟,人们称之为"八哥"。南方人抓到八哥后,稍微加以训练,它就能模仿人说话。但八哥的模仿能力有限,能说的仅限数句而已。于是,它一整天反反复复说的,就只是那几句话。

有一天,蝉在庭院的树上大声地鸣叫。八哥听到了,便嘲笑起蝉的叫声。蝉打量了八哥几眼,便说:"你能学人说话,这的确很厉害。不过你说的那些话,其实跟没说是一样的,哪里比得上我呢?我可是按照自己的意思,自由地鸣唱哩!"

八哥听了惭愧地低下头,从此以后,竟再也不学人说话了。

◆ 悦读寓言 ◆

故事里的这只蝉,真不是普通的厉害。八哥整天学人说话,也算是说了不少话,但蝉却认为八哥跟"没说话"差不多。因为八哥说的话都是模仿来的,真正出自本心而说的,一句也没有。

据说,古代就有"天下文章一大抄,依照前人画葫芦"的说法,可见抄袭并不是现代信息社会的产物。"依样画葫芦"的典故出自宋人魏泰所写的《东轩笔录》。据闻,宋朝建立之初,宋太祖留用了一位五代的遗臣,名为陶谷。宋太祖不太喜欢这个人,但陶谷学问大、文笔好,就暂且把他安置在翰林苑。陶谷其实是有政治野心的,无奈太祖不重用文臣。眼看着一些才能不如他的人,官位却愈做愈高,陶谷心里很难受,便向太祖毛遂自荐,说自己这几年在翰林院效力实多,请求提拔云云。太祖笑着说:"我听说翰林院起草制策时,都是抄抄前人的文字,改几个词语罢了。我看不出你在哪方面'效力实多'!"陶谷觉得自己被羞辱了,就在翰林院的墙壁上题诗发泄。诗曰:"官职须由生处有,才能不管用时无。堪笑翰林陶学士,年年依样画葫芦。"宋太祖知道陶谷写了这首挖苦人的诗之后,就更不想重用他了。

古代文人写正经的文章时,按规矩,多少都得抬出三皇五帝或四书五经,若因此被认为是没创意,似乎也有点委屈。不过,宋代"江西诗社"的一群诗人,倒是堂而皇之地"抄袭",还给这手法取了名字,曰"夺胎换骨""点铁成金"。比如,梅尧臣的诗"南陇鸟过北陇叫,高田水入低田流",他们就改成"野水自添田水满,晴鸠却唤雨鸠来",改后就成了自己的作品。这种做法也有其趣味性,只是剽窃的成分太大,所以一直被后人诟病。既然都要写诗了,就直抒胸臆,道真性情,岂不好哉?不管怎么说,抄袭就是"复制",这对于人类文明的进步实在用处不大啊!

◆ **原文重现** ◆

鸲鹆[①]之鸟出于南方,南人罗而调[②]其舌。久之,能效人言,但能效数声而止,终日所唱,惟数声也。蝉鸣于庭,鸟闻而笑之。蝉谓之曰:"子能人言,甚善;然子所言者,未尝言也,曷若③我自鸣其意哉!"鸟俯首而惭,终身不复效人言。

——明·庄元臣《叔苴子》

① 鸲鹆(qú yù):鸟,俗称八哥。
② 调:训练。
③ 曷若:何如。用反问的语气表示不如。

专注才是一箭中的的关键
——常羊学射

◆ 穿梭时空听故事 ◆

听说屠龙子朱是很了不起的神射手,常羊便前去向他拜师学艺。屠龙子朱打量了一下这个学生,说了个故事给他听。

"你想了解射箭之道吗?从前,楚国的君王在云梦大泽打猎,他命令管理人先放出各种动物,自己再拉弓瞄准目标。一开始,管理员放出了一批禽鸟,接着鹿从楚王的左边跑过去,麋则从右边奔驰而过。楚王正要射出第一支箭时,又有只大天鹅贴着竖起的旗帜而过,它雪白的大翅膀看起来就像天边的云。

"楚王拉着弓,箭在弦上,但他被弄糊涂了,不知该射哪一只动物才好。这时善于射箭的养叔上前对楚王说:'陛下,臣射箭时,若在百步的距离外只放一片叶子,则射十箭必中十箭。若是同时放上十片叶子,那还能不能如此百发百中,我就不太确定了。'"

◆ 悦读寓言 ◆

偶尔可以见到,日本的弓箭练习场里贴着"一箭入魂"的书法作品。"入魂"就是专注不二,这句话的意思是"射出倾注精力与专注力的一箭"。在比赛时,同等实力的弓箭手之间,较量的往往就是专注力与意志力，失之分毫结果就差之千里。在故事中，楚王被迷惑了，不知道该将"矛头"对准哪一只动物，这就犯了射箭的大忌。三心二意的箭就算射了出去，不但很难命中目标，也无法锻炼射箭人的意志，简直就是白白浪费一箭。

听说种碧玉西瓜的瓜农们，为了促销，曾联合起来办了场"捡西瓜"活动。

活动规则很简单，参赛选手必须在规定时间内，挑一颗自己认为最重的西瓜。选手可以随时更换西瓜，但是不可以往回走。比赛开始的哨音一响，场边的人都看得到，瓜田内选手的举动很有意思。有人边走边张望，频频更换手上的西瓜；有人一手一个西瓜，皱着眉头掂量孰轻孰重；有些人双手环胸，把田里的西瓜都看了一遍，然后手脚飞快地抱起他中意的那一颗直奔终点。那场活动的捡西瓜冠军，就诞生于这群眼明手快的人当中。拥有判断西瓜重量的经验或许很重要，但那份自信和专注，想必也是制胜的关键之一。

专一而后能成，这不只是射箭之道，也是普遍的为学要诀。荀子在《劝学》中，提过一种叫作鼫鼠的动物。鼫鼠是农人的眼中钉，它们好啃食作物，往往造成巨大的损失。古人说鼫鼠有五种技能，看似高明，但它能飞跃却飞不上屋子，能攀爬却爬不到树顶，能游泳却不能过大河，能挖洞却挖不出大小足以藏身的洞穴，很能走却走得不比人快多少。这就是"鼫鼠五技而穷"，好像什么都会，却每种都只会一点点。"只懂皮毛"的世界和"达人"的世界，不论是乐趣或者是生命的体悟，差距都非常大。不为别的，这正是我们取后者而不取前者的理由！

◆ **原文重现** ◆

　　常羊学射于屠龙子朱,屠龙子朱曰:"若欲闻射道乎?楚王田于云梦①,使虞人②起禽而射之。禽发,鹿出于王左,麋交于王右,王引弓欲射,有鹄拂王旃③而过,翼若垂云。王注矢于弓,不知其所射。养叔④进曰:'臣之射也,置一叶于百步之外而射之,十发而十中;如使置十叶焉,则中不中非臣所能必矣。'"

——明·刘基《郁离子·射道》

① 云梦:即云梦大泽,此处专门指楚王的狩猎地带。
② 虞人:掌管山林、畋猎和畜牧之事的官。
③ 旃(zhān):旗子。
④ 养叔:春秋时楚国的大夫,以善于射箭而著名。

人生百态篇

人不为己，鲜已
——蛛与蚕

◆ **穿梭时空听故事** ◆

有只蜘蛛看到蚕在忙碌地吐丝，便忍不住挖苦它："你之前整天都在埋头吃，现在又只顾着吐丝把自己包裹起来。再过不久，那养蚕的妇人就会把你扔进沸滚的水中，一根根地抽取茧包的丝。你就这样丧失了身躯和性命！如此看来，你那吐丝结茧的招数固然巧妙，却正好是造成自己丧命的原因。这会不会太蠢了啊？"

蚕抬头对蜘蛛说："我看起来的确像是在自取灭亡，不过呢，我吐的丝全都被织成五彩的布匹。从天子的龙袍，到文武百官的华丽衣裳，用的都是我辈的丝！倒是你，肚子饿了就开始打主意，把吐出的丝织成又黏又密的网。你坐在中间，等着路过的蚊子、苍蝇、蜜蜂或蝴蝶'触网'，来者一律被你毒杀用以饱腹。你这吐丝捕食的方式也很巧妙，但你于心何忍啊！"

蜘蛛眯起眼睛说："所谓为人着想，就像你；为自己打算，就像是我吧。"

哎呀，这世上愿意当蚕而不当蜘蛛的人，真是不多呢！

◆ **悦读寓言** ◆

蚕吐丝的本意是给自己造个壳，如此才能避过天敌，安全地蜕变成蛾。但很不巧，它的丝被发现能织成上等的布，又有人想出了煮茧抽丝的方法，从此，蚕再也难以"寿终正寝"了。这样短暂的、"为人做嫁"的一生，在蜘蛛看来像个笑话。然而蚕以龙袍、锦衣"孰非我为"作为自己生存的价值，这不可不谓勇敢！反观蜘蛛，一样是吐丝，结的却是取他者性命的网。一个是为了他人奉献自己，一个是只为自己活下去，这心胸的宽与狭，立见分明。

俗谚说"人不为己，天诛地灭"，这说的是人的本能。古来圣贤谈品德修养，讲求的就是"逆的觉醒"。顺性就是顺着人的欲望本能，那当然就没机会谈什么仁义礼智了，所以人必须逆着自己的欲望本能，兴起一种觉醒，如此人才能异于禽兽，培养出道德观。不过，在存亡的关头，要人们"为人不为己"，这真的是很大的考验。

日本作家芥川龙之介曾写过名为《蜘蛛的丝》的短篇小说。小说写道：印度有个十恶不赦的大盗名叫犍陀多，他死后堕入阿鼻地狱，受尽各种可怕的刑罚。佛陀听见犍陀多的哀号声，想起犍陀多曾有一念之仁，放了蜘蛛一条生路。于是佛陀就往地狱垂下了一根发亮的蜘蛛丝。犍陀多马上攀住那根丝，拼命地往上爬。不过，其他人也看到这根细丝了，他们争先恐后地想要往上爬。犍陀多害怕蜘蛛丝断掉，便吆喝着把那些人赶下去。结果就因为犍陀多的自私，蜘蛛丝啪地断了。罪人们又跌回了阿鼻地狱。"为己"虽然是人的本能，但人终究还是得学着"为人"，才能进入宽阔豁达的境界。

◆ **原文重现** ◆

蛛语蚕曰:"尔饱食终日,以至于老,口吐经纬①,黄白灿然,因之自裹。蚕妇操汝,入于沸汤,抽为长丝,乃丧其躯。然则,其巧②也,适以自杀,不亦愚乎?"蚕答蛛曰:"我固自杀,我所吐者遂为文章③。天子龙袍,百官锦衣,孰非我为!汝乃空腹而营,口吐经纬,织成网罗,坐伺其间。蚊蝇蜂蝶之见过者,无不杀之而以自饱。巧则巧矣,何其忍也!"蛛曰:"为人谋则为汝,自为谋宁为我。"嘻!世之为蚕不为蛛者寡矣夫!

——明·江盈科《雪涛小说》

① 经纬:织物的纵线和横线,此处指蚕丝。
② 巧:指吐丝结茧的巧思。
③ 文章:指织物错杂的色彩或花纹。

在骨气和性命的天平两端
——不受嗟来食

◆ 穿梭时空听故事 ◆

春秋时期,某年齐国发生大饥荒,粮食匮乏,不少人饿死了。当时,齐国有位名叫黔敖的富翁,便想借着赈灾来提高自己的名望地位。于是,他在路边摆放食物,给过路的饥民吃。

有一天,一位形容枯槁的人,步履蹒跚地走过来。只见他以破烂的衣袖遮掩着脸,穿着破草鞋,拄着拐杖,摇摇晃晃,好似要不支倒地般。黔敖左手拿着食物,右手捧着水壶,相当傲慢地对着那人喊道:"喂!拿去吃吧!"他心想那人听到之后大概会喜极而泣吧!

出乎意料地,那人不但未露欢喜之情,反而像忘了饥饿般,直腰挺胸,放下遮脸的手,轻蔑地看着黔敖说:"我就是不吃人家用这种态度赏我的饭,才会沦落到这般田地的。"说完,掉头就走。

这番话对黔敖来说,不啻当头棒喝,他对自己的行为感到羞惭,急忙追上那人,当面诚心道歉,恳求他接受那些食物。但是,那人竟然傲骨凛然地执意不肯接受,黔敖只得悻悻地离开了。他走后不久,那人便倒地饿死了。

◆ 悦读寓言 ◆

"不食嗟来之食"这句名言就出自这个故事,是说为了表示做人的骨气,绝不低三下四地接受别人的施舍,哪怕是让自己饿死。

中国传统尤其看重做人的骨气,用通俗的话来说,人活的是一口气,即使受苦受难,也不能少了这口气。还有一些类似的说法,比如"人穷志不短""宁为玉碎不为瓦全",都体现了对气节的看重、对尊严的强调。

曾子知道后,对饥饿者的行为有过评论,他一方面肯定饥饿者在受到无理对待时可以不失骨气,但另一方面也批评他过度偏执。从而可见曾子对礼的态度是有弹性的,如处在饥饿者立场,应该懂得权衡斟酌,只要守住基本礼法,不必偏执、钻牛角尖到牺牲生命。

陶渊明晚年的诗作《有会而作》即表达出与故事中饥饿者不同的态度。诗说:"弱年逢家乏,老至更长饥。菽麦实所羡,孰敢慕甘肥!惄如亚九饭,当暑厌寒衣。岁月将欲暮,如何辛苦悲。常善粥者心,深念蒙袂非。嗟来可足吝,徒没空自遗。斯滥岂攸志,固穷夙所归。馁也已矣夫,在昔余多师。"

诗的意思是说自己年少时家境贫困,年老了更是常常挨饿。生活中只要有豆麦饱腹就已心满意足,哪敢奢望有肉食美味。自己缺衣缺食,又遇上年老、岁末,心中真是有无限悲凉。常念着像黔敖这类施粥人的善心好意,深觉饿者不该拒绝。"嗟来之食"没什么可耻、可憾恨的,总比白白饿死要好。陶渊明的志愿不是要做"穷斯滥"没有操守的小人,而是要做"固穷"的君子。

陶渊明在这首诗中要表现的是自己处于饥寒的状态,仍能守志固穷,不失操守。

◆ **原文重现** ◆

齐大饥,黔敖为食于路①,以待饿者而食之②。有饿者蒙袂③辑屦④,贸贸然⑤来。黔敖左奉食,右执饮,曰:"嗟!来食。"扬其目而视之,曰:"予唯不食嗟来之食,以至于斯也。"从而谢⑥焉。终不食而死。曾子闻之,曰:"微⑦与!其嗟也可去,其谢也可食。"

——西汉·戴圣《礼记·檀弓》

① 为食于路:准备食物摆在路旁。
② 食(sì)之:提供食物,给人东西吃。
③ 蒙袂(mèi):一般认为是用袖子蒙着脸,怕被人认出。
④ 辑屦(jù):拖着鞋子。形容非常疲累,迈不开步子的样子。
⑤ 贸贸然:眼睛看不清的样子,指无精打采。
⑥ 谢:道歉。
⑦ 微:非,不对。

缓不济急
——涸辙鲋鱼

◆ 穿梭时空听故事 ◆

庄周因为家境贫寒、生活拮据，在饥寒交迫之下，不得不开口向监河侯借粮。

监河侯对庄周说："行，我即将收取封邑之地的税金，等收到之后，我打算借给你三百金，好吗？"

庄周听了之后，当下脸色一变，非常不高兴地说："我昨天来的时候，听到一个声音在半道上呼唤我。我回头看了一下，原来路上车轮辗出的小坑洼里，有条鲫鱼在挣扎。于是我问它：'鲫鱼，你在干什么呢？'鲫鱼回答：'我是东海水族的一员。你能否给我一点水，让我活下来。'我对它说：'行啊，我将到南方去游说吴王越王，到时请他们引西江之水来迎接你，可以吗？'这时鲫鱼变了脸色生气地说：'我失去赖以生活的环境，没有安身之处。眼下我得到一升半斗的水就可以活下来了，而你竟说出这样的话，还不如早点到鱼干店里找我好了！'"

◆ 悦读寓言 ◆

鲫鱼向庄子求水，正如庄子向监河侯借粮。一条鱼只要斗升之水就可以活命，实在不必引西江之水。同样的道理，庄子只要一些米粮就可以活命，用不着三百金。

监河侯马上答应要借给庄子钱，正如庄子很慷慨地要给鲫鱼水，表面上虽然答应了，事实上却缺乏诚意。监河侯吝啬推脱，要等得到邑金才帮助庄子，就好比庄子去游说吴越之王，变量既多，又不知道什么时候才能成事，鲫鱼还没等到西江水来就早被干死了，正如庄子还没等到监河侯得到邑金就早被饿死了。因此鲫鱼"忿然作色"，庄子则以"索我于枯鱼之肆"设喻，通过鲫鱼的寓言表达他的愤慨。

在故事中一方面可见庄子的贫困境况，同时又讽刺了世人的势利。我们可以说监河侯不知民间疾苦，才会像晋惠帝说出"何不食肉糜"般，做出如此缓不济急的承诺。一个见死不救、不能真正伸出援手的人，言语虽然慷慨动听，却句句推脱，难解"粮"与"水"之急。

◆ **原文重现** ◆

庄周家贫，故往贷粟①于监河侯。监河侯曰："诺②。我将得邑金③，将贷子三百金，可乎？"庄周忿然作色曰："周昨来，有中道而呼者。周顾视车辙中，有鲋鱼④焉。周问之曰：'鲋鱼来！子何为者邪？'对曰：'我，东海之波臣也。君岂有斗升之水而活我哉？'周曰：'诺。我且南游吴、越之王，激西江之水而迎子，可乎？'鲋鱼忿然作色曰：'吾失我常与，我无所处。吾得斗升之水然活耳，君乃言此，曾不如早索我于枯鱼之肆！'"

——战国·庄周《庄子·外物》

① 贷粟：借贷米粮。
② 诺：好，同意。
③ 邑金：封地所缴纳的租税。
④ 鲋鱼：即鲫鱼。

道不同不相为谋
——柳下惠与盗跖

◆ 穿梭时空听故事 ◆

展季的弟弟盗跖聚集了不法之徒,在鲁国各地烧杀掳掠,鲁人闻之色变。公孙无人前去拜访展季,意有所指地问:"从前,舜有个不明理的盲父和傲慢的弟弟,但是舜以孝悌对待他们,因此他能成为仁德淳厚的人,且不让失道失德的事发生。现在还有这种情况吗?"展季忧愁地沉思着,不发一语。

隔日,展季到弟弟的营寨走了一趟。盗跖穿着防身铠甲,恭敬地行礼,邀请兄长进到屋内。坐下后,盗跖得意地问:"哥哥,圣人教你聚众的方法了吗?"

展季说:"是的。"

盗跖表示愿闻其详。展季说:"最上等的方法是以德,其次是以政令,最下等是以钱财。仁德让人心生感怀,历久不变;政令久了就会失去约束力;钱财则迟早有用尽的一天。所以圣人以德怀人为主,政令为辅,钱财则是权宜的手段。若要招揽君子,就必须以德相待;要招揽小人的话,用钱财就可以了。至于那些介于君子与小人之间的人,就先用政令约法三章,然后再慢慢诱导。圣人有条有理地兼用这三种方法,所以天下的人都能在圣人身边聚集起来。"

盗跖露出凶狠的脸色说:"我聚众的方法可和你说的不一样!

我亮出刀子驱赶人,让他们尝到流血的恐惧。服从我的,我就赏赐;不服从我的,我就烧了他们的屋子,杀光他们的妻子,让他们的田地荒芜,断绝他们的恩爱和牵绊,使这些人不去抢劫就没饭吃。到这种地步时,他们不跟我还能跟谁?我就是靠这个方法聚集众人、横行天下的,绝对和圣人那种温暾的做法不同!"

展季答不上话,只能黯然离开了。回家后,展季说:"以前我认为这世上没有真正的坏胚子,人一定和禽兽不同。现在看来,我大概是错了。"展季于是带着家人迁移,隐居于柳下之地,从此改用"柳下"作为姓氏。

◆ **悦读寓言** ◆

展季就是那位"坐怀不乱"的柳下惠。孟子对柳下惠的评价很高,说他是"圣之和者",而与伯夷、伊尹、孔子并列为四大圣人。然而造化弄人,如此德高望重的人竟然有盗跖这样的弟弟。盗跖何许人也?《庄子》书中有《盗跖篇》,说他"从卒九千人,横行天下""驱人牛马,取人妇女,贪得忘亲,不顾父母兄弟",凡盗跖所到之处,人人都叫苦连天。所以盗跖不是普通小贼,是货真价实的乱世大盗。

兄弟的人格差异这么大,任谁都很有兴趣拿来当话题。庄子就说了个故事:孔子和展季一向有交情,某日他对展季说:"做兄长的应该要能劝导弟弟,你让他这样危害天下,我替你感到羞愧。我帮你去说服他!"

展季说:"虽说如此,但弟弟不愿听从,我也拿他没办法。盗跖心性飘忽，喜怒无常，我奉劝先生千万不要去！"

然而，满腔教育热情的孔子还是去了。盗跖听了孔子那番仁义道德的劝说后，勃然大怒，斥骂孔子满嘴胡言、虚伪不堪。孔子回去后，怅然了许久，对展季说："你是对的。我简直跟伸手去摸虎头、拉虎须的人一样鲁莽，差点就命丧虎口了。"

◆ **原文重现** ◆

柳下惠①之弟跖②盗于鲁，鲁国人患之。公孙无人谓展季曰："舜父瞽瞍而弟象，舜克谐以孝，烝烝乂③，不格奸。有诸？"展季恻然无以应。明日而之盗跖，盗跖环甲兵④以自卫，揖其兄以入，还而坐，扬扬然问曰："圣人之聚人有道乎？"展季曰："有。"请问之，曰："太上以德，其次以政，其下以财。德久则怀，政弛则散，财尽则离。故德者主也，政者佐也，财者使也。致君子莫如德，致小人莫如财，可以君子可以小人，则道之以政，引其善而遏其恶，圣人兼此三者而弗颠其本末，则天下之民无不聚矣。"盗跖怫然⑤曰："我之聚人也异于是。驱之以白刃，渍之以赤血。从我者与之，其不从我者屠之，焚烧其室庐，芟薙⑥其妻孥，芜其土田，割其恩爱，断绝其顾念，使之不夺不食，舍我奚适。吾将以是横行于天下，而非若长者之迂也。"展季哑然而返，曰："始吾谓人无不肖，皆异于禽兽，繇⑦今观之，殆不若矣。"遂隐于柳下，而别其族曰"柳下氏"。

——明·刘基《郁离子·公孙无人》

① 柳下惠：春秋时鲁国大夫，展氏，单名获，字为季。"柳下"为封地之名，惠为谥号。
② 跖：柳下惠之弟，展氏，单名跖，为春秋时期著名的大盗。
③ 烝烝乂(yì)：烝烝，仁德美盛的样子；乂，才德双全之人。
④ 环甲兵：身穿兵甲。
⑤ 怫然：生气而变脸的样子。
⑥ 芟薙：除去。
⑦ 繇(yóu)：同"由"，从，自。

纸上谈兵终难成事
——按图索骥

◆ 穿梭时空听故事 ◆

伯乐是出了名的"慧眼能识千里马",后来他将自己识马的丰富知识,写成一本《相马经》。

《相马经》中这样描述良马的特征:"额头要高高隆起,眼睛要鼓而大,脚蹄要像堆叠起来的酒曲饼。"

伯乐的儿子因为很想学会父亲的本事,所以他整天拿着《相马经》,到处去找马。

一日,他见到一只大蟾蜍,特征似乎跟书上写的相符,便高兴地对父亲说:"爹!我找到一匹好马了!它的额头、眼睛都像你写的那样,只是它的蹄不像叠起来的酒曲饼。"

伯乐一开始很气儿子的不成材,但转念一想,便幽默地回答说:"儿啊!这不是匹好马。它太会跳了,根本无法驾驭哩!"

◆ 悦读寓言 ◆

伯乐指认出那匹拉着盐车的瘦马是千里马的典故,不知感动了历代多少读书人。即使寒窗十年,学富满车,若不得伯乐赏识,一样难以见用于世。有的古书甚至绘声绘色地形容,宝马只要看到伯乐走近，就会发出嘶鸣声；见他走远了，则会垂头丧气。这样的伯乐把毕生相马绝活儿写成了书，想来应该能造福不少人和马。但偏偏伯乐有这么个宝贝儿子，竟然把大蟾蜍认成良马，还高兴得向父亲报喜。伯乐跟儿子的最大差别在哪里呢？差别在于伯乐有丰富的相马经验，书只是经验的结晶；儿子没有任何经验，只懂得抱着书本去找马。因此后者便闹出了这样的笑话。

汉代也曾有人犯过按图索骥的错误，此人正是王莽。《汉书》记载，梅福曾进言说王莽变法是"欲以三代选举之法取当世之士，犹察伯乐之图求骐骥于市"。三代指的是夏商周三朝，王莽是读儒家的书长大的，他一直对上古的治世十分向往，于是他的新政就充满了不切实际的崇古思想。比如，他重新规划国土，想恢复周朝的井田制度。但他忘了，周朝的井田制度是因为人口激增、土地不够分配给所有的成年男子才崩坏的。王莽时期的人口，自然远比周朝时来得多，要重新实施井田制度，不啻痴人说梦。另外，土地划分牵涉到许多权势者的利益，因此唱反调的人没完没了。这项政策注定以失败告终。

国学大师钱穆批评王莽的"新政""完全是一种书生的政治"，意指王莽固守书本成规，竟然想让历史倒退着走。元代诗人袁桷有诗句云："按图索骥术难灵。"想化"不灵"为"灵"，活读书、广应用便是了！

◆ 原文重现 ◆

伯乐《相马经》有"隆颡[①]蚨日[②]，蹄如累曲[③]"之语。其子执《马经》④以求马,出见大蟾蜍,谓其父曰:"得一马,略与相同,但蹄不如累曲尔!"伯乐知其子之愚,但转怒为笑曰:"此马好跳,不堪御也。"

——明·杨慎《艺林伐山》

① 隆颡(sǎng):额头高而饱满。
② 趺(tiě)目:疑应作"跌目"。眼睛鼓起的样子。
③ 累曲:曲为酿酒用的发酵物,古人将之制成块状备用。累曲即堆叠起来的酒曲饼。
④ 指《相马经》。

模仿的艺术
——东施效颦

◆ **穿梭时空听故事** ◆

在春秋时期,越国有位美女名叫西施。西施的容貌闭月羞花,举世无双,但很可惜,她患有心脏方面的疾病。经常走在路上就没来由地一阵心疼,她以手捂住胸口,忍不住皱起眉头,美丽的容颜平添了几分忧愁。

西施居住的地方住了个相貌平庸的女子,她觉得西施皱眉捧心的模样很惹人怜爱,便依样画葫芦,也皱着眉、捂着胸口,在街上走来走去。结果,富贵人家看见她,就赶快把大门关起来;穷人家看见她,就带着妻子儿女赶快走开。这女子只知道西施皱眉很美,却不知道其中的缘由呀!

◆ **悦读寓言** ◆

如文所见,庄子最初并没有说有"丑人"名叫东施。大概是后人阅读时,觉得既然美人是"西施",那对立面的丑人就非"东施"莫属了。

"效颦"这寓言是怎么来的呢?这就要提到庄子借颜渊和师金之口所编造的故事了。某年,周游列国的孔子往卫国去了。

孔子的大弟子颜渊,问鲁国的太师师金:"您觉得我老师的做法如何?"

师金说:"不行,完全行不通!"颜渊问为什么。

师金便举了个例子。古时祭祀,人们会准备用草扎成的狗,名为刍狗。在祭祀前,刍狗被恭恭敬敬地装在竹篮里,用漂亮的绣花布盖着;祭祀后,刍狗就被扔到路旁,任人践踏或捡去当柴烧。若是有人捡了这些刍狗,又装回竹篮中以绣花布覆盖,还带着它到处游逛、一起入睡,大概就算不做噩梦,也会睡不好吧。师金说,孔子的作为,就好像捡了先圣先王祭祀用过的刍狗,还带着它周游列国一样。一味地效法古人,当然很难为当代人所接受,这跟丑人效颦没什么两样。

庄子是出了名的反孔子的人。他喜欢率性自然,反对固执地沿用传统来建设现代。在他看来,这无异于设置条条框框限制当下的各种可能性。不过,文中"彼知颦美,而不知颦之所以美"一句,可以很正向地这样理解:既然要模仿,那就模仿美之所以为美的原因;只知模仿美的形式,不过是末流罢了。

20世纪中期,日本经济腾飞,日制产品席卷全世界的市场时,很多人探讨过个中原因。其中的主因之一,就是这个国家非常擅长模仿。日本从语言、食品、工业、建筑到著名的东京铁塔,都大量地模仿欧美。然而日本人不管模仿了什么,那样东西最后都会变成"日本的",这是他们很厉害的地方。

以汽车为例。日本的汽车产业是从模仿美国汽车起家的。他们不在开发上下功夫,而是在美国汽车的基础上不断改良。这种"创造性模仿"的威力十分可观,没多久,日本的汽车产业就成了世界汽车市场的翘楚。由此可见，模仿也不全然是坏事，只要能把握创造性模仿的原则，也能给出漂亮的成绩单。

◆ **原文重现** ◆

故西施病心而矉①其里，其里之丑人见而美之，归亦捧心而矉其里。其里之富人见之，坚闭门而不出；贫人见之，挈②妻子而去之走。彼知矉美，而不知矉之所以美。

——战国·庄周《庄子·天运》

① 矉（pín）：皱起眉头。
② 挈（qiè）：带着。

爱情篇

破镜能否重圆
——覆水定难收

◆ **穿梭时空听故事** ◆

姜太公娶了马氏为妻,但他因为喜好读书而整日不事生产,所以使家境贫困不堪。马氏嫌弃他没有出息,决定离他而去。即使姜太公一再保证日后定将有好日子过,马氏也只是嗤之以鼻。

姜太公因为辅佐有功,被周天子封为齐侯。马氏眼见姜太公现在的富贵荣华,便又回来求姜太公与她复合。

姜太公便取了一盆水,泼在地上,叫她收回来。但这水哪里可以收得回来?最后只得到了一些泥。

于是姜太公便和马氏说:"你早已离我而去,要再复合,就像将水泼掉一样,无法收回来了。"

◆ **悦读寓言** ◆

故事中的姜太公本名姜尚,周朝时人,曾在商朝当过官,因为不满纣王的残暴统治,弃官而走,隐居在陕西渭水河边一个比较偏僻的地方。为了取得周文王的重用,他经常在小河边用不挂鱼饵的直钩钓鱼。姜太公整天钓鱼不做事,家里的生计自然成了问题。

直到有一天，姜尚在渭水旁巧遇出外狩猎的周文王，两人相谈甚欢，文王极为赏识他，要他协助自己完成一统天下的大业，不过，那时姜尚已是八十岁的高龄老翁了。后来，他果然帮助文王之子武王灭了商纣，立下大功，得到齐地作为封邑。这也是春秋时齐国的起始，说姜太公是大器晚成的典范也不为过。

也许会有人嘲笑马氏的前倨后恭，并对姜太公的"覆水难收"之言拍手称快，不过在漫长无望的等待中，如果对伴侣缺少信赖和爱重，确实难以继续相处下去。马氏后来在富贵面前表现得很低微，当然只能落得被轻慢的下场了。无论何时，对任何事物，终究得选择所爱，爱其选择，才不至于有悔恨。

◆ 原文重现 ◆

太公望①初娶马氏，读书不事产，马求去。太公封齐，马求再合②，太公取水一盆，倾于地，令妇收水，唯得其泥；太公曰："若能离更合，覆水定难收！"

——东晋·王嘉《拾遗记》

① 太公望：原名姜尚，字子牙，后称其姜太公。因先祖封于吕，又名吕尚。
② 合：即复合，和好。

伟大男人背后的女人
——乐羊之妻

◆ 穿梭时空听故事 ◆

乐羊有天走在路上,不经意间捡到一块别人丢失的金子。遇到天上掉馅饼,他立刻把金子拿回家给妻子。

但乐羊的妻子却说:"我听说有志气的人不喝盗泉的水,廉洁方正的人不吃讨来的食物。你怎么能捡拾别人的失物、谋求私利来玷污自己的品德呢!"乐羊听了之后十分惭愧,就把金子扔到野外,并远行拜师求学去了。

一年后,乐羊回到家中,正在织布的妻子起身问他为什么回来。乐羊说:"也没有什么特殊的事情,只是出门在外久了,心中想念家人。"

妻子听到之后,就拿起刀来割断了正在织的布,说:"这些丝织品都是从蚕茧中抽出,又在织机上织成的。一根丝一根丝地积累,才达到一寸长;一寸一寸地积累,才能成丈成匹。现在割断这些未织成的丝织品,那就无法成功地织出布匹,白白荒废了时光。你要积累学问,就应当以每天都学到自己不懂的东西为基本,以成就自己的美德;如果中途就回来了,那同切断这丝织品又有什么不同呢?"

乐羊被妻子的话感动了,重新回去修完了自己的学业,此间七年,再没有回过家。

◆ **悦读寓言** ◆

这是关于乐羊妻子的人物小传,乐羊在前面的篇章中也曾出现过,那时他已经成为魏国的大将了,而这里的乐羊尚未功成名就。这里透过两个小故事,赞扬了乐羊之妻的品德和才识。而她说的两段话,无论何时都有着深远的意义。她告诫人们:"做人就必须具备高尚的品德,做事就必须有坚韧不拔的精神。"

她不收丈夫拾来的金子,而且用"志士不饮盗泉之水,廉者不受嗟来之食"的典故说服丈夫,进一步指出因贪小利而失大节的危害,使乐羊非常惭愧,知错就改并远行寻师求学。在丈夫求学欲半途而废的时候,她又及时给了丈夫当头一棒。

后来,有强盗想打她的主意,劫持了她的婆婆。乐羊的妻子得知,拿了一把刀出来。

强盗说:"放下你的刀顺从我,可以保全你婆婆;不顺从,我就杀了你婆婆。"

没想到她举起刀刎颈而死。太守知道后,逮捕并处死了强盗,并赏赐了丝帛,礼葬了乐羊之妻,给了她"贞义"的称号。

很多人说成功的男人背后必定有个伟大的女人,起码对乐羊来说这句话是成立的。

◆ **原文重现** ◆

乐羊尝行路,得遗金,取之以归,其妻唾之曰:"'志士不饮盗泉之水,廉者不受嗟来之食。'此金不知来历,奈何取之,以污素行①乎?"乐羊感妻之言,乃抛金于野,别其妻而出,游学于鲁卫。过一年来归,其妻方织机,问夫:"所学成否?"乐羊曰:"尚未也。"妻取刀断其机丝。乐羊惊问其故。妻曰:"学成而后可行,犹帛成而后可服。今子学尚未成,中道而归,何异于此机之断乎?"乐羊感悟,复往就学,七年不返。

——明·冯梦龙《东周列国志》

① 污素行:玷污自己高尚纯洁的品行。

富贵荣华的手段
——齐人之福

◆ 穿梭时空听故事 ◆

齐国有一个人,家里有一妻一妾。丈夫每次出门回来,必定是吃得饱饱的,喝得醉醺醺的。妻子问他一道吃喝的是些什么人,据他说来全都是些有钱有势的人。

他的妻子跟他的妾说:"老公出门,总是酒醉肉饱地回来,问他和些什么人一道吃喝,他说来往的全都是些有钱有势的人,但我们却从来没见到什么有钱有势的人物到家里面来过,所以我打算悄悄地看看他到底去些什么地方了。"

第二天早上起来,她便尾随丈夫,走遍全城,没有看到一个人站下来和她丈夫说话。最后她跟着丈夫走到了东郊的墓地,只见他先向祭扫坟墓的人要了些剩余的祭品吃;后来没吃够,又东张西望地到别处去乞讨,原来这就是他酒醉肉饱的办法。

他的妻子回到家里,告诉他的妾说:"丈夫,应该是我们仰望而终身依靠的人,没想到他竟然是这样的人!"

两人在庭院中一边咒骂一边哭泣,然而丈夫还不知道,又得意扬扬地从外面回来,在他的两个女人面前摆威风。

在君子看来,人们求取升官发财的方法,能不使他们的妻妾引以为耻的,相当少见。

◆ 原文重现 ◆

齐人有一妻一妾而处室者，其良人出，则必餍①酒肉而后反。其妻问所与饮食者，则尽富贵也。其妻告其妾曰："良人出，则必餍酒肉而后反②；问其与饮食者，尽富贵也，而未尝有显者来。吾将瞷③良人之所之也。"蚤起④，施⑤从良人之所之，遍国中无与立谈者。卒之东郭墦间，之祭者，乞其余；不足，又顾而之他——此其为餍足之道也。其妻归，告其妾曰："良人者，所仰望而终身也。今若此。"与其妾讪⑥其良人，而相泣于中庭。而良人未之知也，施施⑦从外来，骄其妻妾。由君子观之，则人之所以求富贵利达者，其妻妾不羞也，而不相泣者，几希矣！

——战国·孟轲《孟子·离娄下》

① 餍(yàn)：吃饱喝足。
② 反：同"返"，归来。
③ 瞷(jiàn)：窥视、侦察。
④ 蚤起：蚤，同"早"。即早起。
⑤ 施(yí)：逶迤斜行。
⑥ 讪：嘲讽。
⑦ 施施：喜悦自得的样子。

妻子的祈祷
——夫妻祷者

◆ 穿梭时空听故事 ◆

有对卫国夫妻在神前祈祷,只见老婆祈祷说:"请让我平平顺顺,无灾无难,可以得到一百束布。"

丈夫说:"祈祷得太少了吧?"

做老婆的就说:"祈祷要的东西太多,若真要应验的话,还不被你拿去买小老婆吗?"

◆ 悦读寓言 ◆

"悔教夫婿觅封侯"是许多故事的结局,许多贤妻在丈夫飞黄腾达、家中经济改善后都不得不面对两种困境,一种是丈夫忙于事业而渐行渐远,另一种则是丈夫另觅新欢。这则故事中的老婆所求的很简单,平顺之余,能有余裕即可。

毕竟,人总是不知足的多,有了钱难免想要的更多。不论古人今人,看到最后一句,都不禁会心一笑啊!

◆ 原文重现 ◆

卫人有夫妻祷者而祝曰:"使我无故①,得百束布。"其夫曰:"何少也?"对曰:"益是②,子将以买妾。"

——战国·韩非《韩非子·内储说下六微》

① 无故:故,意外的事情。无故便是没有变故,顺利。
② 益是:更多。

问世间情为何物
——相思树

◆ 穿梭时空听故事 ◆

宋康王的舍人韩凭,娶何姓女子为妻,因为何氏生得貌美,康王见此美人便将她夺去。韩凭因此心怀怨恨,于是康王把他囚禁起来,罚他去筑城、守边。

后来何氏暗中送信给韩凭,故意使用曲折隐晦的语句,信中说:"其雨淫淫,河大水深,日出当心。"

宋康王得到这封信,拿给亲信臣子看,没有人能解释信中的意思。

只有大臣苏贺回答说:"'其雨淫淫',是说心中愁思不止;'河大水深',是指两人长期不得往来;'日出当心',是指内心已有自杀的决定。"果然,不久后韩凭就自杀了。

而韩凭之妻何氏也在暗地里腐蚀自己的衣服。一日,康王和何氏同登高台,韩妻何氏便从台上往下跳。宋康王的随从想拉住她,但因为何氏衣服糟朽,经不起手拉,化于碎片。于是,何氏身亡。

何氏在衣带上写下遗书说:"王上希望我活下去,我却恨不得立刻死去,希望能把我的尸骨赐给韩凭,让我们两人合葬。"

康王看到后大怒,不理韩妻何氏的请求。他命令韩凭夫妇的同乡埋葬他们,让他们的坟墓遥遥相望。康王说:"你们夫妇既然这么相爱,假如能使坟墓合起来,那么我就不再阻挡你们。"

结果没多久,就有两棵大梓树分别从两座坟墓上长出来,十天左右就长得有一抱粗了。两棵树树干弯曲,互相靠近,树根在地下交结,树枝在上面交错。又有鸳鸯鸟,一雌一雄,长时间在树上栖息,早晚都不离开,交颈悲鸣,凄惨的声音感人至深。

宋国人都为这鸣叫声而悲哀,于是称这树为相思树。相思的说法,就从这儿开始了。

南方人说这种鸳鸯鸟就是韩凭夫妇精魂变成的。至今睢阳还有韩凭城,歌谣仍在流传。

◆ 悦读寓言 ◆

这是一个宋康王霸占人妻所造成的爱情悲剧。作品按照时间顺序叙事,比较鲜明地刻画了宋康王的荒淫、暴虐、残忍,以及韩凭之妻忠于爱情、宁死不屈、从容有智的形象。

后半部分,以浪漫的想象强化、升华了韩凭夫妇真挚的感情和他们的反抗精神,也表现了一般人的愿望和对他们的同情。

"殉情""化形"是古代爱情故事常见的情节,像《孔雀东南飞》中的焦仲卿与刘兰芝,《梁山伯与祝英台》中的梁祝二人都以"殉情"的方式传达对于彼此坚定不渝的情感,而"化形"所带来的神话色彩也赋予了这些故事一种"形躯虽然被消灭,灵魂却能超越人世的束缚,使两人的爱情永世长存"的动人意蕴。

作品一方面歌咏爱情的伟大,另一方面借由灵魂的超脱,以另一种形式弥补他们在人世间未能相守的遗憾,最终实现圆满的结局,作为一种人心理上的补偿。

◆ 原文重现 ◆

宋康王①舍人②韩凭，娶妻何氏，美，康王夺之。凭怨，王囚之，论为城旦③。妻密遗④凭书，缪其辞⑤曰："其雨淫淫，河大水深，日出当心。"既而王得其书，以示左右，左右莫解其意。臣苏贺对曰："其雨淫淫⑥，言愁且思也。河大水深，不得往来也。日出当⑦心，心有死志也。"俄而凭乃自杀。其妻乃阴腐其衣⑧，王与之登台，妻遂自投台，左右揽之，衣不中手⑨而死。遗书于带曰："王利其生，妾利其死，愿以尸骨，赐凭合葬。"王怒，弗听，使里人埋之，冢相望也。王曰："尔夫妇相爱不已，若能使冢合，则吾弗阻也。"宿昔之间，便有大梓木生于二冢之端，旬日而大盈抱⑩，屈体相就⑪，根交于下，枝错于上。又有鸳鸯，雌雄各一，恒栖树上，晨夕不去，交颈悲鸣，音声感人。宋人哀之，遂号其木曰"相思树"。

——东晋·干宝《搜神记》

① 宋康王：名偃，战国末年宋国国君，耽于酒色，在位四十七年。
② 舍人：官职名。战国时及汉初，王公大臣左右皆有舍人，类似门客。
③ 城旦：一种苦刑，受刑者白天防备敌寇，夜晚筑城。
④ 遗：寄送。
⑤ 缪其辞：使语句的含义隐晦曲折。
⑥ 淫淫：久雨不止的样子。
⑦ 当：正照着。
⑧ 阴腐其衣：暗地里使自己的衣服腐蚀。
⑨ 不中手：禁不住手拉，因已阴腐其衣的缘故。
⑩ 盈抱：周长超过双臂合抱。
⑪ 屈体相就：指树的枝干弯曲相靠近。就，靠近。

一个鸡蛋的家当
——妄心

◆ 穿梭时空听故事 ◆

在市场上,有一个非常贫穷的人,他平日的生活状况是吃过早饭,不知道晚饭还有没有。有一天他偶然捡到了一个鸡蛋,非常高兴地和妻子说:"我们有家产了!"

妻子问他家产在哪里,这人便拿着鸡蛋给她看,说:"这就是,十年之后,我们就有完备的家当了。"

然后,他便与妻子开始盘算着:"我拿着这个鸡蛋,去管邻居借一只正在孵蛋的鸡,和邻居家的鸡蛋一起孵化。等到鸡蛋孵出小鸡来,我们取一只母鸡拿回来生蛋,一个月可以获得十五只鸡。两年之内,鸡长大了又生小鸡,可以得到三百只鸡,可以换来十金。然后拿金子买五头母牛,母牛又生小牛,三年可得到二十五头牛,母牛生的牛,又再生母牛,三年可以换三百金。我拿着金子放债,三年可得五百金。拿其中的三分之二买田地和宅院,剩下的三分之一买仆人和小妾,这样一来,我就可以和你非常清闲地过剩下的日子了,难道不快乐吗?"

他的妻子听到他说要买小妾,勃然大怒,立刻用手把鸡蛋打碎了,说:"不能留下祸种。"

这人非常愤怒地鞭打了妻子一顿,然后带着她到衙门去见官,说:"败坏我家产的人,就是这个恶妇,请判她死罪。"

官吏问他家产在哪里,败坏成什么样了。这人于是从鸡蛋讲起,讲到买小妾为止。官吏听完说道:"这么多家产竟然被这妇人一拳打毁了,真是可恶,该杀啊!"于是下令烹死她。

这妇人号叫着说:"我丈夫所说的都是没有发生的事情,为什么就要烹死我啊?"

官吏说:"你丈夫要买小妾也是没有发生的事情,你为什么要嫉妒呢?"

妇人说:"话虽然这样说,但是去除祸患要趁早啊!"官吏闻言后大笑,便释放了她。

◆ 悦读寓言 ◆

这个故事和伊索寓言中的"挤牛奶的女孩"有异曲同工之妙,主角都对完全没影儿的事做着春秋大梦,然后又被现实打醒。眼前发生的事都未必能保证,何况是未来之事?不肯努力实践,光是做白日梦,非但于事无益,反而有害。

白日梦谁都做过,对将来之事预先计算,甚至多有非分之想,这尚属可以理解的。不过此人还打算娶一个小老婆,这下子引发了老婆的"怫然大怒",于是这一个鸡蛋的家当就全部被毁掉了。

说起来比起老公虚妄的白日梦,老婆对于小妾可能出现的预防,恐怕是更实际的考量。

◆ **原文重现** ◆

一市人贫甚①，朝不谋夕。偶一日拾得一鸡卵，喜而告其妻曰："我有家当②矣。"妻问安在，持卵示之，曰："此是。然须十年，家当乃就。"因与妻计③曰："我持此卵，借邻人伏鸡④乳⑤之，待彼雏⑥成，就中取一雌者，归而生卵，一月可得十五鸡，两年之内，鸡又生鸡，可得鸡三百，堪易⑦十金。我以十金易五牸，牸⑧复生牸，三年可得二十五牛，牸所生者，又复生牸，三年可得百五十牛，堪易三百金矣。吾持此金举责⑨，三年间，半千金可得也。就中以三之二市田宅，以三之一市僮仆，买小妻。我乃与尔优游以终余年，不亦快乎？"

妻闻欲买小妻，怫然大怒，以手击卵碎之，曰："毋留祸种！"夫怒，挞⑩其妻。乃质⑪于官，曰："立败我家者，此恶妇也，请诛之。"官司问："家何在？败何状？"其人历数自鸡卵起，至小妻止。官司曰："如许大家当，坏于恶妇一拳，真可诛。"命烹之。妻号⑫曰："夫所言皆未然事，奈何见烹？"官司曰："你夫言买妾，亦未然事，奈何见妒？"妇曰："固然，第⑬除祸欲早耳。"官司笑而释之。

——明·江盈科《雪涛小说》

① 贫甚：很贫困。
② 家当：家产。
③ 计：盘算。
④ 伏鸡：正在孵卵的鸡。
⑤ 乳：孵化。
⑥ 雏：小鸡。

⑦ 易：卖，交易。
⑧ 牸(zì)：母牛。
⑨ 举责：责，同"债"。放债，以收取利息。
⑩ 挞：鞭打。
⑪ 质：对质。
⑫ 号：大叫。
⑬ 第：只是。

完美的妻子形象
——重耳之妻

◆ 穿梭时空听故事 ◆

春秋五霸之一的晋文公曾经流亡北狄,那时他还是公子重耳。流亡之时,正值北狄在讨伐邻近的咎如。北狄掳了咎如君长的女儿——叔隗、季隗,将姐姐叔隗献给公子重耳做妻子,生了两个儿子,取名为伯鯈、叔刘;将妹妹季隗嫁给重耳的家臣赵衰做妻子,亦生有一子。

重耳在北狄生活了五年后,父亲晋献公逝世,荀息当国相,骊姬立自己的儿子奚齐为国君。而后里克杀了骊姬和奚齐,逼国相荀息自杀,同时里克决定派人迎接重耳回国即位,重耳担心不测便辞谢了。于是重耳的弟弟夷吾登上了君主宝座,自立为晋惠公。

登上王位后,夷吾一直对重耳心存顾虑,于是,在他在位第七年,晋惠公再次派人率领壮士要到北狄杀重耳。重耳知道消息后,便和赵衰等人商量说:"我逃到北狄,并不是因为想靠北狄的力量回国执政,这是个小国,没有力量办成这样大的事情;不过是因为北狄靠晋国很近,所以暂且在此歇歇脚。要有所作为,还是应该去大国。如今齐桓公有善名,志在称霸,收恤诸侯,听说他的贤臣管仲、隰朋已死,他肯定希望能有贤才辅佐他,不如去齐国看看。"

大家都赞成。于是重耳一行人决定离开北狄前往齐国。临行时，重耳对妻子叔隗说："你等我二十五年，我如果没回来，你再嫁人吧！"

叔隗说："等二十五年后，我坟上的柏树也都长高了吧！虽然如此，我等你。"

◆ 悦读寓言 ◆

其实故事到此并未结束。重耳到了齐国，齐桓公又给他娶了个妻子姜氏，还给了他八十匹马。重耳对这种生活感到很满足，但随行的人都认为不应这样待下去，便在桑树下商量这件事。

刚好，妻子姜氏的女仆在桑树上，就把听到的话报告给姜氏。姜氏当下就把女仆杀了。她对重耳说："你有远行的打算吧？偷听到这件事的人，我已经把她杀了。"

重耳解释道："没有这回事。"

姜氏却说："你走吧！留恋妻子，安于现状，只会毁坏你的功名。"

但重耳仍然不肯走。姜氏便与狐偃商量，用酒把重耳灌醉，然后把他送出了齐国。

看到这里，不得不说重耳的运气真好，以上出现的季隗、姜氏都是理性大度的女性，愿意牺牲儿女私情，成全重耳的伟大抱负。季隗支持重耳的计划，不仅对重耳要前往齐国没有丝毫的阻挠，而且还痴心表示要等待重耳而不另嫁他人。姜氏则在重耳似乎安逸地生活的时候，明白重耳肩负的重任，把重耳灌醉后送走。这样的女性形象是男性心中的典范。

◆ **原文重现** ◆

狄伐咎如①，得二女：以长女妻②重耳，生伯鯈、叔刘；以少女妻赵衰，生盾。居狄五岁而晋献公卒，里克③已杀奚齐、悼子，乃使人迎，欲立重耳。重耳畏杀，因固谢，不敢入。已而晋更迎其弟夷吾立之，是为惠公。惠公七年，畏重耳，乃使宦者履鞮与壮士欲杀重耳。重耳闻之，乃谋赵衰等曰："始吾奔狄，非以为可用与，以近易通，故且休足④。休足久矣，固愿徙之大国。夫齐桓公好善，志在霸王，收恤诸侯。今闻管仲、隰朋死，此亦欲得贤佐，盍往乎？"于是遂行。重耳谓其妻曰："待我二十五年不来，乃嫁。"其妻笑曰："犁二十五年，吾冢上柏大矣。虽然，妾待子。"

——西汉·司马迁《史记·晋世家》

① 咎如：春秋时赤狄国名（或部落名）。其地一说在今太原一带，一说在今河南安阳一带。
② 妻：动词，给重耳做妻子。
③ 里克：春秋时期晋国将军，晋献公死后，他杀死骊姬和骊姬的儿子奚齐、悼子，还有拥护奚齐的荀息。他本来想拥立公子重耳，但是被郤芮、吕省劝说，最终拥立了公子夷吾。
④ 休足：停留，停止行进。

追求爱情的代价
——琴挑文君

◆ **穿梭时空听故事** ◆

卓王孙有个女儿叫文君,刚守寡不久,很喜欢音乐,所以司马相如假借与县令关系深厚,以琴声引出她的爱慕之情。

司马相如到达临邛时,不仅有车马跟随其后,他本人更是仪表堂堂、文静儒雅,甚为大方。听说他到家里来喝酒、弹奏琴曲,卓文君便从门缝里偷偷看他,虽然心中很欢喜,但又怕他不了解自己的心情。

待宴会完毕,司马相如马上托人以重金赏赐文君的侍者,以此向文君转达倾慕之情。

于是,卓文君趁夜逃出家门,私奔司马相如。司马相如便同卓文君急忙赶回成都。私奔的卓文君进到司马相如家门后,才发现屋内空无一物,只有四面墙壁立在那里。

卓王孙得知女儿私奔之事非常生气,他说:"女儿不成材,我又不忍心伤害她,不过,我也不会分半个钱给她。"那时有人劝说卓王孙,但他始终不肯听。

过了一段时间,文君对这样的生活感到烦恼,她说:"长卿,只要你同我一起去临邛,向兄弟们借贷也完全可以维持生活,何至于让自己困苦到这个样子!"

于是司马相如就和卓文君回到临邛，把自己的车马全部卖掉后，买下一家酒店，做卖酒生意，让文君亲自在垆前斟酒招呼客人，而自己则穿起齐膝的短裤，与雇工们一起忙活，在闹市中洗涤酒器。

卓王孙听到这件事后，感到很丢脸，因此闭门不出。于是有些兄弟和长辈交相劝说卓王孙，说："你有一个儿子、两个女儿，家中所缺少的不是钱财。如今，文君已经成了司马长卿的妻子，长卿本来也已厌倦了离家奔波的生活，虽然贫穷，但他确实是个人才，完全可以依靠。况且他又是县令的贵客，你为什么偏偏这样轻视他呢！"

卓王孙不得已，只好分给文君家奴一百人，钱一百万，以及准备陪嫁给她的衣服被褥和各种财物。文君就同相如回到成都，买了田地房屋，成为富有的人。

◆ **悦读寓言** ◆

故事到了这里，可以说是一个美好的结局，就像童话故事中，王子与公主从此过着幸福快乐的日子一般。但当司马相如有财、有名之后，又因才华出众而受皇帝宠幸，于是他便开始宿娼纳妾。

卓文君得知此事便作了《白头吟》，以诗诀别："皑如山上雪，皎如云间月。闻君有两意，故来相决绝。今日斗酒会，明旦沟水头。躞蹀御沟上，沟水东西流。凄凄复凄凄，嫁娶不须啼；愿得一心人，白头不相离。竹竿何袅袅，鱼尾何簁簁。男儿重意气，何用钱刀为！"据说司马相如看到此诗后便回心转意，又和卓文君继续婚姻生活。

卓文君个性坚强果决,在当时可算是个奇女子。她敢于追求爱情,也接受现实的艰难困苦,和司马相如从家徒四壁,到慢慢过上了好日子,又能理智地化解婚姻危机,是充满感性又不失聪慧的女性代表。

◆ 原文重现 ◆

是时卓王孙有女文君新寡,好音,故相如缪①与令相重,而以琴心挑之。相如之临邛,从车骑②,雍容闲雅甚都③;及饮卓氏,弄琴,文君窃④从户窥之,心悦而好之,恐不得当也。既罢,相如乃使人重赐文君侍者通殷勤。文君夜亡奔相如,相如乃与驰归成都。家居徒四壁立。卓王孙大怒曰:"女至不材,我不忍杀,不分一钱也。"人或谓王孙,王孙终不听。文君久之不乐,曰:"长卿第俱如临邛,从昆弟假贷犹足为生,何至自苦如此!"相如与俱之临邛,尽卖其车骑,买一酒舍酤酒,而令文君当垆。相如身自着犊鼻裈⑤,与保庸⑥杂作,涤器于市中。卓王孙闻而耻之,为杜门不出。昆弟诸公更谓王孙曰:"有一男两女,所不足者非财也。今文君已失身于司马长卿,长卿故倦游,虽贫,其人材足依也,且又令客,独奈何相辱如此!"卓王孙不得已,分予文君僮百人,钱百万,及其嫁时衣被财物。文君乃与相如归成都,买田宅,为富人。

——西汉·司马迁《史记·司马相如列传》

① 缪:欺骗之意。
② 从车骑:有车马跟从。
③ 都:美好之意。
④ 窃:偷偷地。
⑤ 犊鼻裈(kūn):一种齐膝的短裤。
⑥ 保庸:受雇用的仆役。

吾未见好德如好色者
——好色与好德

◆ 穿梭时空听故事 ◆

许允的妻子是阮卫尉的女儿,阮德如的妹妹,长相奇丑。新婚当日,夫妻行交拜礼后,许允就不再进入新房了,家人因此很是担忧。

此时恰巧有许允的客人来访,新娘就叫婢女去看看是谁,婢女回来说:"是桓公子。"桓公子,说的就是桓范。

新娘于是说:"不必担忧,桓范一定会劝他进来。"

果然桓范对许允说:"阮家既然将这个丑女儿嫁给你,一定是别有用意,你应当仔细观察她。"

于是许允又回到洞房内,不过一见到新娘,马上又要出去。新娘料想他这一出去就不会再进来,于是拉住他的衣襟不让他走。

许允只好对她说:"妇女应具备四种美德,你有几种?"

新娘说:"我只缺乏美貌而已。然而士人应具备许多良好的品行,你有几种?"

许允说:"我都具备。"

新娘说:"各种品行中,以德为首要,你却爱好美色,不好德,怎么说都具备?"

许允面露惭愧,从此对妻子十分敬重。

◆ 悦读寓言 ◆

本则故事描述的是许允与新婚妻子在洞房夜的一段对话，许允因为嫌她貌似无盐而不肯入洞房，甚至质疑她不具备四德；而她则巧妙运用许允不进洞房的真正理由，指出他好色不好德，终让许允感到惭愧。

新娘自知其貌不扬，在许允面前不讳言自己的缺点，并严正表明自己除了妇容以外，其他三德皆备。而许允在被妻子指出他好色不好德的缺点后，也能坦然认错，诚属不易。

其实许允的妻子在《世说新语》中不止出现过一次。许允任吏部郎时，所任用的地方官吏都是他的同乡，魏明帝怀疑他用人徇私，便派人把他抓起来。来人带走许允的时候，许允的妻子光着脚追出来，告诉许允："明君要用道理去说服，不能求情。"

许允被抓后，家人惊慌哭泣，她却说："不要紧，他很快就会回来的。"然后煮了小米粥等许允回来。

明帝审问许允用人之事，许允回答："为国选才，一定要了解他们。臣的同乡，是臣了解的人，陛下可以考察他们是否称职，如果不称职，臣愿领罪。"

经过考察，许允任用的同乡都称职，最后，明帝放了许允。许允妻子的镇定，也终化危机为转机，帮助丈夫全身而退。桓范的话果真正确，这位名门之女确实才德兼备。

◆ **原文重现** ◆

许允①妇②是阮卫尉③女,德如④妹,奇丑。交礼竟⑤,允无复入理⑥,家人深以为忧。会⑦允有客至,妇令婢视之,还答曰:"是桓郎⑧。"桓郎者,桓范也。妇云:"无忧,桓必劝入。"桓果语⑨许云:"阮家既嫁丑女与卿,故当有意,卿宜察之。"许便回入内。既见妇,即欲出。妇料其此出无复入理,便捉裾⑩停之。许因谓曰:"妇有四德,卿有其几?"妇曰:"新妇所乏唯容尔。然士有百行,君有几?"许云:"皆备。"妇曰:"夫百行以德为首,君好色不好德,何谓皆备?"允有惭色,遂相敬重。

——南朝宋·刘义庆《世说新语·贤媛》

① 许允:字士宗,三国魏高阳(今河北省)人,官至领军将军。
② 妇:妻子。
③ 阮卫尉:阮共,字伯彦,三国魏尉氏(今河南省)人,官至卫尉卿。
④ 德如:阮侃,字德如,阮共的小儿子,官至河内太守。
⑤ 交礼竟:竟,完毕。新婚行交拜礼完毕。
⑥ 无复入理:理,可能。不想进洞房。
⑦ 会:适逢。
⑧ 桓郎:郎是古代对青年男子的称呼。桓范,字符明,魏沛郡(今安徽北部)人,官至大司农。
⑨ 语(yù):动词,告诉。
⑩ 捉裾(jū):捉,拉;裾,衣服的前襟。

相守的运气
——破镜重圆

◆ 穿梭时空听故事 ◆

陈朝太子舍人徐德言的妻子,是南北朝时陈后主陈叔宝的妹妹。她被封为乐昌公主,才貌极为出色。徐德言当太子舍人的时候,正是陈朝衰败、时局混乱的时期,身在乱世又如何能保证各自的安危呢?

于是徐德言对妻子说:"以你的才华和容貌,如果国家灭亡了,你恐怕会流落到有权有势的富豪家中,到时我们就无法逃离分开的命运了。倘若我们缘分未断,还能相见,应该有一个信物。"

于是徐德言将铜镜切割成两半,夫妻两人各拿一半。又约定说:"将来若有那一天,你就在正月十五那一天拿镜片在街上出售,如果我见到了,就会去找你。"

等到陈朝灭亡了,他的妻子果然被送到了越公杨素的家里,杨素对她非常宠爱。而徐德言一度流离失所,好不容易才来到京城。在正月十五这一天他到市场上寻找,果然有一个白发老翁模样的仆人,正在出售半面镜子,而且要价非常高,人们都嘲笑他。

徐德言却将那人带到自己住的地方,请他吃饭,讲述了镜子的来历,拿出自己那一半镜子和卖的那一半镜子合在一起,并在镜子上题了一首诗:"镜与人俱去,镜归人不归。无复嫦娥影,空留明月辉。"意思是镜子和人都离我而去了,如今镜子回来了人却没有回来。镜子上已映不出嫦娥的倩影,只能反射出一片月光。

乐昌公主陈氏看到镜子上的题诗后,伤心不已,流着眼泪难以进食。杨素知道内情后,也不禁动容,立刻派人将徐德言找来,不仅把妻子还给他,还赠送了他们许多钱财礼物。听说这件事的人没有不感叹的。

临走前,杨素设了酒宴为徐德言和陈氏饯行,杨素还让陈氏也作首诗。陈氏题诗如下:"今日何迁次,新官对旧官。笑啼俱不敢,方验作人难。"诗中尽现命运弄人的感慨,而在一番人事沧桑后,陈氏终于和徐德言回到江南,白头偕老。

◆ 原文重现 ◆

陈太子舍人徐德言之妻,后主叔宝之妹,封乐昌公主,才色冠绝。时陈政方乱,德言知不相保,谓其妻曰:"以君之才容,国亡必入权豪之家,斯永绝矣。倘①情缘未断,犹冀相见,宜有以信②之。"乃破一镜,人执其半,约曰:"他日必以正月望日③卖于都市,我当在,即以是日访之。"及陈亡,其妻果入越公杨素④之家,宠嬖殊厚。德言流离辛苦,仅能至京,遂以正月望日访于都市。有苍头⑤卖半镜者,大高其价,人皆笑之。德言直引至其居,设食,具言其故,出半镜以合之,仍题诗曰:"镜与人俱去,镜归人不归。无复嫦娥影,空留明月辉。"陈氏得诗,涕泣不食。素知之,怆然改容,即召德言,还其妻,仍厚遗之。闻者无不感叹。仍与德言、陈氏偕饮,令陈氏为诗,曰:"今日何迁次,新官对旧官。

笑啼俱不敢,方验作人难。"遂与德言归江南,竟以终老。

——唐·孟棨《本事诗·情感》

① 倘:如果,假若。
② 信:凭据,信物。
③ 正月望日:阴历正月十五,即元宵节。
④ 越公杨素:杨素,字处道,隋华阴人,个性机智狡诈,善为文,从隋高祖平定天下,封越国公,显赫无比。
⑤ 苍头:汉时奴仆皆须以青色头巾裹头,故称仆役为"苍头"。

权力与政治篇

贪官毒似蛇
——苛政猛于虎

◆ 穿梭时空听故事 ◆

孔子路过泰山,有个妇女在坟墓旁哭得很悲伤。孔子扶着车前的扶手听着,派子路问她:"你这样哭,好像不止一次遭遇到不幸了。"

她说:"是啊!以前我公公死于老虎口中,我丈夫也死于老虎口中,现在我儿子又被老虎咬死了。"

孔子说:"那为什么还不离开这儿呢?"

妇人说:"这里虽然荒凉偏僻,却没有繁苛的税收和徭役。"

孔子对弟子们说:"你们好好记住,繁苛的税收和徭役比凶猛的老虎还可怕啊!"

◆ 悦读寓言 ◆

柳宗元也曾怀疑"苛政猛于虎"这句话的真实性,直到他遇到一位姓蒋的捕蛇者,才改变他的认知。

原来永州有一种毒蛇,只要它爬过的地方,草木就会全部枯死;咬到人,人也无药可医。但将它抓来,杀死后风干,制成药,却可以治麻风、毒疮等病,于是太医奉命收集这种蛇,说捕捉到这种蛇的人可抵免应缴纳的税赋,致使永州人争相去捕蛇。

有位姓蒋的捕蛇者,家中三代都以捕蛇为生,他的祖父和父亲都死于捕蛇这个差事,而他接续这份工作已有十二年了,好几次都差点被蛇咬到而丧命。柳宗元看他满脸哀戚地诉说过往,忍不住说:"既然这么危险,要不要我去帮你向主事者说情,恢复你的税赋,同时让你换个差事?"

姓蒋的捕蛇者一听,难过地哭着说:"千万不要!先生您哀怜我,以为我做这种差事很不幸,但这还比不上恢复我的税赋来得痛苦啊!我们乡里凡是要缴税的,没有一个不是将农田的作物全部缴纳,竭尽家中所有收入,但生活却更困苦,以至于现在不是背井离乡,就是累倒病死,村里剩不到一半的人。我能靠捕蛇幸存,就算现在被蛇咬死,也比大部分人幸运多了。"

可见,"苛政猛于虎"一点也不假,"苛政"也毒于蛇呀!

◆ **原文重现** ◆

孔子过泰山侧,有妇人哭于墓而哀。夫子式①而听之,使子路②问之,曰:"子之哭也,一③似重有忧者。"而曰:"然。昔者吾舅④死于虎,吾夫又死焉,今吾子又死焉。"夫子曰:"何为不去也?"曰:"无苛⑤政。"夫子曰:"小子⑥识⑦之,苛政猛于虎也。"

——《礼记·檀弓下》

① 式:同"轼",车前的横木,供乘车时手扶用。
② 子路:孔子的弟子,名仲由,字子路。

③ 一:的确,确实。
④ 舅:丈夫的父亲。
⑤ 苛:苛刻,暴虐。
⑥ 小子:长辈对晚辈的称呼。
⑦ 识(zhì):记住。

渔翁终得利
——鹬蚌相争

◆ **穿梭时空听故事** ◆

战国时期,赵国、燕国都不是实力很强的国家,然而赵惠文王无视对赵、燕两国虎视眈眈的强大的秦国,却打算出兵攻打燕国。

为了避免一场国破家亡的战乱,燕国的苏代跑到赵国去求见赵惠文王,以游说赵与燕两相和好、共同抗秦。

苏代对惠文王说:"大王您先别谈打仗的事,我且讲个故事给您听。

"故事是这样的:有一只河蚌好久没上岸了。有一天出了太阳,河岸上十分暖和,于是河蚌爬到岸上,张开蚌壳晒太阳。河蚌只觉得浑身舒服极了,它懒洋洋地打起瞌睡来。这时,一只鹬鸟飞过来,悄悄落在河蚌的身边,飞快地伸出长长的尖嘴去啄河蚌的肉。河蚌猛地一惊,迅速用力把蚌壳一合,将鹬鸟的尖嘴紧紧地夹住了。

"鹬鸟对河蚌说:'我看你能在岸上待多久!如果今天不下雨,明天不下雨,你就会被干死、晒死,到时候,这岸上就会有一只死蚌了。'

"河蚌也十分强硬地说:'我看你能饿多长时间!我今天不松开你的嘴,明天也不松开你的嘴,你就会被饿死在这里,到时候这岸

上就会有一只死鹬了。'

"它们就这样对抗着，谁也不肯相让，真有要拼个同归于尽的架势。

"这时，一位渔人走过来，十分轻易地捡了个便宜，把蚌和鹬都捉住，满心高兴地赶回家去了。"

苏代的故事刚一讲完，赵惠文王就幡然醒悟。他拍着自己的脑袋说："多谢先生的启发，如果我们小国间自相残杀，让秦国从中得利，那我们跟这故事里刚愎自用的鹬和蚌又有什么区别呢？"于是，赵王取消了攻打燕国的念头。

◆ 悦读寓言 ◆

其实在《战国策》中，类似的故事一再上演，各国国主为了自身的利益轻启战事，而策士们则为了力争上游，到处游说君主。

有一次，燕国发生饥荒，赵国准备乘机攻打它。楚国派一名将军到燕国去，途经魏国时，见到了赵恢。

赵恢对楚国将军说："预防灾祸不让它发生，这比灾祸发生后再去解救要容易得多。现在我与其送您百金，不如送您几句话。您如果愿意听我的建议就去劝说赵王。过去吴国讨伐齐国，是因为齐国闹饥荒，可是没有等到伐齐取得成功，弱小的越国就趁吴国疲惫之机打败了吴国而称霸一方。现在赵国要攻打燕国，也是因为他们闹饥荒，我看讨伐燕国未必能获胜，而且强大的秦国可能乘机从西部出兵进攻赵国。这是让赵国深陷当年吴国的不利地位，而让现在的秦国处于当年越国的有利地位啊。"

楚国的使者于是就用赵恢这番话去规劝赵王,赵王听后非常高兴,打消了攻打燕国的念头。燕昭王听说这件事后,就把土地封赏给这位楚国的使者。

策士巧妙的言语再度化解了战争,然而,无论何时,为了一己之私而发动的战争,都是应该被谴责的。

◆ **原文重现** ◆

赵且伐燕,苏代为燕王谓惠王曰:"今者臣来,过易水,蚌方出曝,而鹬啄其肉,蚌合而拑①其喙②。鹬曰:'今日不雨,明日不雨,即有死蚌。'蚌亦谓鹬曰:'今日不出,明日不出,即有死鹬。'两者不肯相舍③,渔者得而并禽④之。今赵且伐燕,燕、赵久相支以弊⑤大众,臣恐强秦之为渔父也。故愿王之熟计之也。"惠王曰:"善。"乃止。

——《战国策·燕策三》

① 拑:夹住。
② 喙:鸟兽的嘴。
③ 舍:放弃之意。
④ 禽:同"擒",捕捉。
⑤ 弊:疲惫。

狗仗人势一时狂
——狐假虎威

◆ 穿梭时空听故事 ◆

老虎四处捕捉猎物,终于让它抓到了一只狐狸,没想到狡猾的狐狸恐吓老虎说:"哼!你不要以为自己是百兽之王,便能把我吃了。我是天帝派来管理百兽的,无论谁吃了我,都将激怒天帝,受到惩罚。你如果不相信,可以跟在我后面走,看看其他动物看见我会有什么反应。"

老虎听了狐狸的话后,就按它所说的那样做。结果一路上其他动物看到它们,都吓得马上逃跑。老虎还真的以为那些动物都怕了狐狸,完全相信了狐狸的谎言。其实,狐狸只是借助老虎的威风才吓跑其他动物的。

◆ 悦读寓言 ◆

这个故事是从君臣间的对话中衍生而来的。战国时,昭奚恤是楚国有名的大将,威震四方。有一次,楚宣王问大臣江乙:"我听说北方国家都很怕昭奚恤,是这样吗?"江乙回答:"现如今大王您有五千里的领地,有超过百万的大军,但统御军队的是昭奚恤,所以北方诸国其实怕的不是昭奚恤本人,而是您的军队啊!犹如野兽们怕的是老虎，而不是狐狸一样。"

江乙不太喜欢昭奚恤这个人。楚宣王任命昭奚恤为令尹，江乙进言："有个人很爱他的狗，那狗却不老实，将尿撒至井里。邻居目击，想告诉狗的主人，但狗却蹲在门口，见他来就咬。昭奚恤总是阻挠我晋见，原因就在此。而且大王观察人的方法似乎矫枉过正、走火入魔了。有人称赞别人时，您认为对方是君子并与之亲近；有人抨击别人时，您认为对方是小人并与之疏远。于是问题便产生了，儿子杀父亲，部下杀长官，您恐怕都不知道，因为您只喜欢听赞美别人善行的话，讨厌听揭发别人恶行的话。"

楚宣王终于醒悟道："你说得对，这两种话我以后都不拒绝。"

大臣间的权力斗争如同故事中的狐狸依仗老虎的势力一样，狐狸的把戏一旦被戳穿，不仅会受到群兽的围攻，还将被受骗的老虎吞吃。仗势欺人的小人，虽然能够嚣张一时，但最终都不会有好下场。

现在人们用"狐假虎威"来比喻依仗别人的势力欺压人的事，也用来讽刺那些仗着别人的威势招摇撞骗的人。

◆ **原文重现** ◆

虎求百兽而食之，得狐。狐曰："子①无敢食我也。天帝使我长②百兽，今子食我，是逆天帝命也。子以我为不信，吾为子先行，子随我后，观百兽之见我而敢不走③乎？"虎以为然④，故⑤遂⑥与之行。兽见之皆走。虎不知兽畏己而走也，以为畏狐也。

——《战国策·楚策一》

① 子：你。
② 长：管理。
③ 走：跑。
④ 然：对，是。
⑤ 故：因此。
⑥ 遂：于是，就。

都是恶狗惹的祸?
——晋灵公好狗

◆ 穿梭时空听故事 ◆

晋灵公爱狗,在曲沃专门修筑了狗圈,为狗穿上绣花的衣服。而颇受晋灵公宠爱的臣子屠岸贾因为晋灵公喜欢狗,就不停地夸赞狗来博取灵公的欢心,于是灵公更加以狗为重了。

有一天夜晚,狐狸进了绛宫,惊动了襄夫人,襄夫人非常生气。灵公让狗去同狐狸搏斗,但狗却未能获胜。屠岸贾于是命令看山林的人把捕获的另外一只狐狸拿来献给灵公说:"狗确实捕获到了狐狸。"

晋灵公高兴极了,便把给大夫们吃的肉食拿来喂狗,还下令说:"如有谁触犯了我的狗,就砍掉他的脚。"

于是大家都害怕狗。狗群肆无忌惮地进入市集抢食羊、猪,吃饱后,还要把肉食拖走,送到屠岸贾的家里,屠岸贾由此获得庞大的利益。大臣们议事时,谁若不顺着屠岸贾的意思,狗儿们就群起咬他。大臣赵宣子要进谏,这些狗不仅阻止他,还把他拒于门外。

过了几天,狗闯进御花园中吃了晋灵公的羊,但屠岸贾欺骗灵公说:"这是赵宣子的狗偷吃的。"

晋灵公因此发怒,派人追杀赵宣子,赵宣子在百姓的保护下跑到了秦国。后来赵穿趁国人愤怒声讨屠岸贾,便杀了他,接着又在桃园杀了晋灵公。晋灵公的狗在国内四处逃窜，国人便把它们全部捕获并煮着吃了。

◆ 悦读寓言 ◆

类似的故事也曾在日本上演。日本江户时代第五代将军德川纲吉，据说深受中国儒家孝道思想的影响，不但让母亲介入政治，还采信母亲宠爱的僧侣之言："人之乏嗣，皆前身多杀之报也。今欲求嗣，莫若禁杀生也。且将军生岁在戌，戌属狗，最宜爱狗。"

为了能有孩子，德川纲吉颁布了《生类怜悯令》。它最初是很正经的法令。不过法令逐渐稳定后，纲吉不但下令要建造养狗的房子、请专人保护狗及请人替狗看病，到了最后甚至连杀死蚊子都要被判刑，这使得人民怨声载道。

虽说狗是人类最忠实的朋友，"好狗"作为个人爱好无可非议，但是，身为君王，个人爱好并非个人小事，如果过了头，甚至影响到了国事，就可能祸害国家百姓乃至自身性命。

嗜好宠物、玩物丧志的晋灵公喜欢养狗而不问政事，甚至将狗的地位置于百姓之上，致使朝纲混乱、百姓遭殃，这才是真正的问题所在。

◆ **原文重现** ◆

晋灵公①好狗,筑狗圈于曲沃,衣之绣。嬖人②屠岸贾因公之好也,则夸狗以悦公,公益尚狗。一夕,狐入于绛③宫,惊襄夫人,襄夫人怒,公使狗搏狐,弗胜。屠岸贾命虞人取他狐以献,曰:"狗实获狐。"公大喜,食狗以大夫之俎④,下令国人曰:"有犯吾狗者刖⑤之。"于是国人皆畏狗。狗入市取羊、豕以食,饱则曳以归屠岸贾氏,屠岸贾大获。大夫有欲言事者,不因屠岸贾,则狗群噬之。赵宣子⑥将谏,狗逆而拒诸门,弗克入。他日,狗入苑食公羊,屠岸贾欺曰:"赵盾之狗也。"公怒,使杀赵盾,国人救之,宣子出奔秦。赵穿因众怒攻屠岸贾,杀之,遂弑⑦灵公于桃园。狗散走国中,国人悉擒而烹之。

——明·刘基《郁离子·晋灵公好狗》

① 晋灵公:春秋时晋国国君。
② 嬖(bì)人:受国君宠爱的人。
③ 绛:晋都,在曲沃西南。
④ 俎:古代祭祀时放祭品的器物。
⑤ 刖:断足,古代一种酷刑。
⑥ 赵宣子:即赵盾。春秋时期晋国大夫,晋灵公荒淫无道,赵盾多次直谏,而后赵盾逃出晋都。
⑦ 弑:古代称在下位者杀死在上位的人。

以人为镜,可以明得失
——邹忌讽齐王纳谏

◆ **穿梭时空听故事** ◆

邹忌身高八尺多,神采焕发而容貌俊美。一日早晨,他穿戴打扮好,看着镜子,问他的妻子:"你看我跟城北的徐公比,哪个更俊美?"

他妻子说:"您俊美得很,徐公怎么能赶得上您呢?"

但城北的徐公可是齐国出名的美男子,邹忌不大有自信,又去问他的妾:"我和徐公哪个更俊美?"

妾说:"徐公哪里比得上您呢?"

某一天,有位客人来家中拜访,邹忌跟他坐着闲聊,又问:"我和徐公哪个更俊美?"

客人说:"徐公比不上您。"

第二天,徐公来到邹忌家。邹忌细细打量,觉得自己实在不及徐公俊美,于是拿起镜子来仔细端详,更觉得远不如人。晚上他躺在床上细细思量,领悟到:"我的妻子说我俊美,是因为偏爱我;侍妾说我俊美,是因为畏惧我;客人说我俊美,是因为有求于我啊!"

于是邹忌入朝参见齐威王,对他说:"臣确实晓得自己比不上徐公俊美,可是臣的妻子偏袒臣,侍妾害怕臣,客人有求于臣,他们异口同声地说臣比徐公俊美。如今齐地纵横千里，有一百二十个城邑，宫中妃嫔、左右近臣，没有不偏私于大王的，朝中大臣没有不畏惧大王的，齐国上下没有不有求于大王的，可见，大王实在被蒙蔽得厉害！"

齐威王听后称赞道："您说得对。"

而后，齐威王发出诏令："凡官民人等，能当面指责寡人过失的，受上赏；能上书劝谏寡人的，受中赏；能在大庭广众之下批评朝政，只要为寡人所闻的，受下赏。"

诏令刚刚颁布时，大臣们都来进谏，朝堂门庭若市。过了几个月，时不时还有谏言上奏。一年之后，人们即使想进言，也没什么可说的了。

燕、赵、韩、魏四国听说这件事后，都来齐国朝见。这就是通常所说的"得胜于邻国在于自己国家的内政修明、政治正义"啊！

◆ 悦读寓言 ◆

春秋战国之际，七雄并立，各国间的兼并战争、新旧势力的冲突以及民众风起云涌的反抗，都异常激烈。在这激烈动荡的时代，"士"作为一种最活跃的阶层出现在政治舞台上。他们以自己的才能和学识，游说于各国之间，有的主张连横，有的主张合纵，史称策士或纵横家。

他们提出一定的政治主张或策略，并利用当时错综复杂的斗争形势游说使诸侯采纳，施展着自己治国安邦的才干。各国统治者也认识到，人心的向背是国家政权能否巩固的决定性因素。所以，他们争相招揽人才，虚心纳谏，争取"士"的支持，因而善于纳谏成为君主是否贤明的指标。

而对于一般人而言，因为各种人际关系，我们也常常无法马上接触到真相。要扭转这种报喜不报忧局面的唯一办法就是广开言路。人们出于私利或者畏惧，常常说谎、言不由衷，我们一定要明察秋毫、明辨是非。

如果我们想听到接近事实的真实话语，想使人生、事业能够真正健康地发展，就应该广纳众言、多听批评、多接受监督，让人生不受功利左右、外力压制。接受言论，就像进入超市购物一样，要"货比三家"，相比之后有利于做出决定，如此一来，才能够避免人生走入歧途。

◆ **原文重现** ◆

邹忌①修②八尺有余，身体昳丽③。朝服衣冠，窥镜，谓其妻曰："我孰与城北徐公④美？"其妻曰："君美甚，徐公何能及君也！"城北徐公，齐国之美丽者也。忌不自信，而复问其妾曰："吾孰与徐公美？"妾曰："徐公何能及君也！"旦日，客从外来，与坐谈，问之客曰："吾与徐公孰美？"客曰："徐公不若君之美也！"明日，徐公来，孰视之，自以为不如；窥镜而自视，又弗如远甚。暮寝而思之，曰："吾妻之美我者，私我也；妾之美我者，畏我也；客之美我者，欲有求于我也。"

于是入朝见威王⑤曰："臣诚知不如徐公美，臣之妻私⑥臣，臣之妾畏⑦臣，臣之客欲有求于臣，皆以美于徐公。今齐地方千里,百二十城,宫妇左右,莫不私王;朝廷之臣,莫不畏王;四境之内,莫不有求于王。由此观之,王之蔽⑧甚矣!"王曰:"善。"乃下令:"群臣吏民,能面刺⑨寡人之过者,受上赏;上书谏寡人者,受中赏;能谤议⑩于市朝⑪,闻寡人之耳者,受下赏。"令初下,群臣进谏,门庭若市。数月之后,时时而间进。期年⑫之后,虽欲言,无可进者。燕、赵、韩、魏闻之,皆朝⑬于齐。此所谓战胜于朝廷。

——《战国策·齐策一》

① 邹忌:战国时齐国人。
② 修:长,高,此指身高。
③ 昳(yì)丽:光鲜亮丽。
④ 徐公:战国时齐国的美男子。
⑤ 威王:即齐威王,战国时齐国的国君。
⑥ 私:偏袒。
⑦ 畏:畏惧,害怕。
⑧ 蔽:蒙蔽。
⑨ 面刺:当面指责别人的过失。
⑩ 谤议:批评。
⑪ 市朝:指人多的公开场所。
⑫ 期(jī)年:一周年。
⑬ 朝:朝见。

半斤八两之讽
——五十步笑百步

◆ **穿梭时空听故事** ◆

战国时的梁惠王是个好战的国君,他往往为了一点小事情就和他国打仗。有一次,孟子来到了梁国,就去见梁惠王。惠王问他:"我对于国家大事,也算是做到尽心尽力了。河内的收成不好,有了灾荒,我就把河内的灾民移到河东去,同时还把河东的粮食调剂到河内;要是河东收成不好,遭了灾荒,我也照样办理。我看邻近各国的国君,没有一个能够像我这样爱护百姓的,然而邻近国家的百姓不见减少,我国的百姓也不见增多,这是何故?"

孟子说:"大王,你是喜欢打仗的,就拿打仗这件事情来做个比喻吧!双方军队到了战场上,战鼓一响,兵刃相接便有胜败。打败了的,免不了要丢盔弃甲,奔跑逃命。在那些逃命的士兵当中,有跑得快的,也有跑得慢的。假如有一名士兵跑得慢,只逃了五十步,看见前面另一个士兵跑得快,逃了一百步,他因此就嘲笑逃一百步的士兵'贪生怕死',说自己胆量大,不怕敌人追击,这样对不对呢?"

梁惠王听了说:"当然不对,那士兵只不过是因为自己跑得慢而落后五十步罢了。"

孟子接着说:"那就对了!大王既然明白这个道理,那你又有什么不明白的呢?你虽然在小地方多照顾了一些老百姓,可是你喜欢打仗,一打起仗来,老百姓们便成千成万地死亡,这和邻国比起来,不也像'五十步笑百步'吗?"

◆ 悦读寓言 ◆

士兵逃了五十步和逃了一百步,虽然在距离上有区别,但在本质上是一样的,都是逃跑。孟子在解答梁惠王的问题时,巧妙地利用了梁惠王好战的个性,特意以战争来做比喻。梁惠王尽管给了百姓一点小恩小惠,但身为君主却发动战争、压榨百姓,在扰民这点上,他其实跟别国的君主没有本质的差别。这则故事也告诉我们,看事情要看本质,不要被表面现象迷惑了。"五十步笑百步"这句成语就是从这则寓言中提炼出来的。

台湾有一句谚语"龟笑鳖无尾,鳖笑龟粗皮",意思是两者各有缺点,谁也没有比对方强。在英语中有个类似的谚语"pot calling the kettle black"(锅嫌壶黑),也是相同的意思。

在现今社会中,这两句话的使用率之高令人咋舌,在报章杂志之中,我们经常可以看到"五十步笑百步:你凭什么骂某某某?",而在私底下聊天时,也常常可以听到"五十步笑百步""龟笑鳖无尾"之类的话语。这多是人们习惯于指责别人,而忘了反省自己时才会产生的后果。

老一辈人常说:"当你用一只手指指着别人时,就有四只手指指着自己!"发现别人的缺点总是比看清自己的缺点容易。在嘲笑别人时，也得看清自己的处境才不至于闹笑话。若自己有毛病，当然是要立刻"知错必改"咯！

◆ **原文重现** ◆

梁惠王①曰："寡人②之于国也，尽心焉耳③矣。河内④凶⑤，则移其民于河东⑥，移其粟⑦于河内。河东凶亦然。察邻国之政，无如寡人之用心者。邻国之民不加少，寡人之民不加多，何也？"孟子对曰："王好战，请以战喻。填然鼓之，兵刃既接，弃甲曳兵而走，或百步而后止，或五十步而后止。以五十步笑百步，则何如？"曰："不可，直⑧不百步耳，是亦走也。"曰："王如知此，则无望民之多于邻国也。"

——战国·孟轲《孟子·梁惠王上》

① 梁惠王：即魏惠王，他在位时，把国都由安邑迁到大梁，故魏国又称梁国，魏王又称梁王。
② 寡人：寡德之人，是古代国君对自己的谦称。
③ 尽心焉耳矣：真是费尽心力了。
④ 河内：今河南境内黄河以北的地方。
⑤ 凶：谷物收成不好，荒年。
⑥ 河东：黄河以东的地方，在今山西西南部。
⑦ 粟：谷子，也泛指谷类。
⑧ 直：只是。

私积之与公家为一体也
——食凫雁以秕

◆ 穿梭时空听故事 ◆

邹穆公有命令:"以后喂鸭喂鹅一定要用秕子,不能用粟!"

因此,国家粮仓里如果没有秕子时,就要用粟去和老百姓交换,用两石粟才能换得一石秕子。官员认为这是浪费,于是向穆公请示,说:"用粟喂鹅,不用花钱,因为粮仓就能供应。现在向农民去交换秕子,要两石粟才能换一石秕子,再拿秕子来喂鹅,耗费太大了。请仍以粟喂鹅吧。"

穆公答道:"你真是无知!百姓们赶喂饱的牛下地耕作,顶着烈日的蒸烤除草施肥,勤劳而不偷懒,这样辛苦难道是为了鸟兽吗?粟是上好的粮食,为什么拿来喂鸟呢?你只知眼前的小利益,却不知要做长远的打算。周人有谚说:'粮仓里装粮食的口袋漏了,也都是漏在粮仓里。'你难道没有听说过吗?君主是老百姓的父母,把国家粮仓中的粮食转存到老百姓那里,这还是我的粮食啊!鸟吃了邹国的秕子就不损害邹国的粮食了。而粮食藏在公仓里和藏在民间,对于我而言又有什么两样呢?"

穆公的这番话传到民间,邹民皆知"私积之与公家为一体也",于是更加努力地耕作,以增加粮食的产量。

◆ **悦读寓言** ◆

邹穆公是最为时人及后人称颂的英明君主。据《邹县志·国君志》载，其在位期间，"王舆不衣皮帛，御马不食禾菽，无淫僻之事，无骄燕之行，食不众味，衣不杂采，自刻以广民，亲贤以定国，视民如子"，故"邹国之治，路不拾遗，臣下顺从，若手之役心"。

正因为有如此广施"仁政"的贤明之君，邹国虽为小国，但"鲁卫不敢轻，齐楚不能胁"。穆公最让史家称道的一件事是"以粟易民，以秕饲雁"，也就是本篇的故事，内容在贾谊的《新书》和刘向的《新序》中都有记载。当时全国都时兴养凫雁，开始皆以粟为饲料，所以费用极高。因此，穆公下令养凫雁必须用秕子而不得用粟。

古时候，公家也饲养禽畜。举行祭祀需要用的贡品如全猪、全羊，都由负责饲养的机构提供，而饲料则由粮仓调拨。当时粮仓储存的多为粟，所以饲养禽畜也多用粟。

邹穆公提出改用秕子喂鹅，虽比喂粟耗费大，但是，粟是上等粮食，农民岂肯用辛劳收获的粟做饲料？何况以秕换粟，是"取仓之粟，移之与民"，使粮食得到妥善的保存，也没人再糟蹋粮食了。从表面上看，公家的支出是有些耗费，但从长远看，于国于民都有利，特别是让老百姓也懂得爱惜粮食的道理。穆公的措施应是非常英明的。

◆ **原文重现** ◆

邹穆公有令,食凫雁①者必以秕,毋敢以粟②。于是仓无秕③而求易于民,二石粟而一石秕。吏请曰:"以秕食雁,为无费也。今求秕于民,二石粟而易一石秕,以秕食雁,则费甚矣。请以粟食之。"公曰:"去!非而所知也。夫百姓煦牛而耕,暴④背而耘,苦勤而不敢惰者,岂为鸟兽也哉?粟米,人之上食也,奈何其以养鸟也?且汝⑤知小计而不知大会⑥。周谚曰:'囊漏贮中。'而独弗闻欤?夫君者,民之父母也。取仓之粟,移之与民,此非吾粟乎?鸟苟⑦食邹之秕,不害邹之粟而已。粟之在仓与其在民,于吾何择⑧?"邹民闻之,皆知其私积之与公家为一体也。

——西汉·贾谊《新书》

① 凫雁:指鸭、鹅。
② 粟:泛指稻谷粮食。
③ 秕:长得不饱满的谷实。泛指谷类植物所结的果实,虚有外壳,里面却是空的,称为"秕"或"秕谷"。
④ 暴:日晒。
⑤ 汝:你。
⑥ 大会:即大计,长远计划。
⑦ 苟:假如。
⑧ 择:区别。

知人善任的眼光
——子余造舟

◆ 穿梭时空听故事 ◆

越王派大夫子余监造船只,船造成了,有一个商人要求做船长,但子余不愿用他。

结果商人离开越国到了吴国,托王孙率引荐拜见吴王,并且说越国大夫不会使用人才。

后来王孙率和他在江边察看船只。突然,江上飓风大作,江中的船只乱撞,他就一边收船一边指着船对王孙率说:"某某船将要沉没,某某船不会沉没。"结果全被他说中了。王孙率认为他有奇才,就将他荐举给吴王,做管理船只的长官。

越人听到这个消息,都埋怨子余错失了人才。子余说:"我并不是不了解他,我曾经和他在一起相处过,这个人好吹嘘,并说越国的人没有比得上他的。我听说凡喜欢夸耀自己的人总是自以为是,向来善于阿谀奉迎;说别人不如自己的人,对别人的观察必定精心,而对自己的省察却愚昧不明。如今吴国重用他,将来坏他们事的必定是这个家伙了!"

越人不相信子余的话。不久,吴国攻打楚国,吴国派那个商人操纵大战舰"余皇号",漂过五湖,驶出三江,在迫近扶胥口时,"余皇号"沉没在那里。越人这才佩服子余有先见之明,并且说:"假如这个人没有沉船而死,那么子余大夫将受到错失人才的诽谤,即使是有皋陶那样贤明的法官在世,也不能使子余大夫得到公正的评判啊。"

◆ 悦读寓言 ◆

看人要善于了解其本质,而不能被其表象所迷惑。以貌取人必错失人才;重用庸人,必贻误大事。同时,这个故事也告诉我们,人才需要接受实践的检验。子余并没有因商人的自荐而委任他为船长,而是敏锐地洞察到他"好夸"而"暗自察"的性格。果然,商人在吴国驾船而船沉没。

故事用事实证明了商人的自矜、子余的正确。因此,判断人才、选拔人才必须用事实检验,合格了才能任用。人们选择人才时往往依凭耳目所寄,被外表、言语等表面现象所左右,导致贤愚莫辨,但实践才是选择人才的不二准则。

◆ 原文重现 ◆

越王使其大夫子余造舟,舟成,有贾①人求掌工,子余弗用。贾人去之吴,因②王孙率以见吴王,且言越大夫之不能用人也。他日,王孙率与之观于江,飔③作,江中之舟扰,则收指以示王孙率曰:"某且④覆,某不覆。"无不如其言。王孙率大奇⑤之,举⑥于吴王,以为舟正。越人闻之,尤⑦子余。子余曰:"吾非不知也,吾尝与之处矣,是好夸而谓越国之人无己若者。吾闻好夸者恒是己，以来多谀；谓人莫若己者，必精于察人而暗自察也。今吴用之，偾⑧其事者必是夫矣！"越人未之信。未几，吴伐楚，王使操余皇⑨，浮⑩五湖而出三江，迫⑪于扶胥之口，没焉。越人乃服子余之明，且曰："使斯人弗试而死，则大夫受遗才之谤，虽咎繇⑫不能直⑬之矣。"

——明·刘基《郁离子·子余知人》

① 贾：做生意。
② 因：经过，通过。
③ 飓：飓风。
④ 且：将要。
⑤ 奇：意动用法，感到奇怪。
⑥ 举：推荐，举荐。
⑦ 尤：责备。
⑧ 偾：败坏。
⑨ 余皇：船名。
⑩ 浮：行驶。
⑪ 迫：靠近，接近。
⑫ 咎繇：即皋陶，舜时为掌管刑法的官。
⑬ 直：使……清白，申诉清白。

早知如此的感叹
——曲突徙薪

◆ 穿梭时空听故事 ◆

有一个客人路过拜访某家主人,他看到主人家炉灶的烟囱是直的,旁边还堆积着柴薪,便对主人说:"您还是把烟囱改为弯的,让柴薪远离烟囱吧。不然的话,将来铁定会发生火灾。"

主人听了之后,只是沉默,并没有回应。结果不久后,家里果然失火。邻居们一同来救火,幸好最后把火扑灭了。

于是,主人杀牛置办酒席,答谢邻人们,把救火烧伤的人安排在上席,其余的按照功劳依次排定座位,却不邀请当初提出改烟囱建议的客人。

这时便有人对主人说:"当初如果听了那位客人的话,您也不用破费摆设酒席,也不会有火灾啊!现在评论功劳,邀请宾客,为什么提出建议的人却没有受到答谢,反而只有被烧伤的人成了上宾呢?"主人这才醒悟,去邀请那位客人。

◆ 悦读寓言 ◆

这个故事的典故可追溯至汉朝。西汉宣帝时,霍家是一个政治势力十分庞大的家族。霍光受到皇帝的信任,把持朝政二十年,朝中权倾一时,连皇帝都要敬畏他三分。

霍光死后,霍氏家族更是专恣骄奢。大臣徐福深恐霍氏造反,便上书宣帝,建议压抑霍氏,以免后患。不过当时宣帝并没有采纳他的意见。后来霍氏果然因阴谋造反而遭到灭族,所有镇压有功的人都受到奖赏,只有徐福没有得到任何表扬。有人便替徐福打抱不平,上书给皇帝,用这个故事说明如果皇上接纳徐福的建议,事先压制霍氏,那么朝廷也就不必付出那么大的代价。汉宣帝看了奏折,觉得很有道理,就下令赐给徐福财帛官爵,作为奖励。而这个故事也被浓缩成"曲突徙薪",用来比喻事先采取措施,以防止危险发生。

◆ 原文重现 ◆

客有过①主人,见灶直突②,傍③有积薪。客谓主人曰:"曲其突,远其积薪,不者④,将有火患。"主人嘿然⑤不应。居无几何,家果失火,乡聚里中人哀而救之,火幸息⑥。于是杀牛置酒,燔发灼烂者⑦在上行,余各用功次坐,而反不录⑧言曲突者。人谓主人曰:"向使⑨主人听客之言,不费牛酒,终无火患。今论功而请宾,曲突徙薪亡恩泽,焦头烂额为上客耶?"主人乃寤而请之。

——西汉·刘向《说苑·权谋》

① 过：路过。
② 突：烟囱。
③ 傍：同"旁"，旁边。
④ 不者：如果不这样的话。
⑤ 嘿然：不说话的样子。
⑥ 息：同"熄"，扑灭。
⑦ 灼烂者：灼，烧。被火烧伤的人。
⑧ 而反不录：却不邀请。
⑨ 向使：当初如果。

揭竿而起的时分
——楚人养狙

◆ 穿梭时空听故事 ◆

楚国有饲养猴子作为生计的人,楚国人称他为狙公。白天的时候,狙公必定在庭院里分配猴子们的组别,命令老猴子带它们到山里去摘取草木的果实。狙公用猴群交来各种果实的十分之一供养自己。有的猴子交得不足,狙公就用鞭子抽打它们。猴子们都害怕这样的痛苦,不敢违逆狙公。

一天,有只小猴对猴子们说:"山里的果实,是狙公种的吗?"

猴子们说:"不是的,果实是天生的。"

小猴说:"那么离了狙公就不能摘取果实吗?"

猴子们说:"不是的,都可以摘取。"

小猴又说:"那么,我们为何要被他利用和役使呢?"

话没说完,猴子们都醒悟过来。当晚,它们一起等到狙公睡着了,就破坏关住它们的木笼,拿走它们积存的果实,互相引领着进入山林不再回来。狙公最后就饿死了。

郁离子说:"世上凭借权术奴役人民却不依正道来规范事物的人,不就像狙公吗?只因人民昏昧尚未觉醒,才能让他得逞,一旦有人开启民智,那他的权术也就没有用了。"

◆ **悦读寓言** ◆

这则寓言，用养猴子的人残酷剥削猴子，猴子觉醒后群起反抗的故事，说明人民和政权的关系。本文以"狙"比喻人民，以"狙公"比喻统治者。狙公控制群猴的方式可谓高压政策，但这种方式无法让群猴心服。故事借由小猴识破狙公的剥削阴谋并提出质疑，使众狙觉悟，相与反抗逃跑，不再为狙公所控制，点出人民的眼睛是雪亮的，一旦人民觉悟，各种政治权术都会失灵。

统治者虽然看似庞大，但人民一旦觉悟，群起反抗，即使是残酷的统治者也无法抵抗，所以只靠权术奴役百姓而不讲法度的人，迟早要遭到反抗。

从前，在专制的时代，统治者常以课税、徭役等方式压迫人民。若人民不从，便以暴力、威吓等强制手段迫其服从。统治者不以正道来规范人民，人民可能暂时被蒙在鼓里，一旦人民觉醒，便不会再任由统治者摆布、愚弄。人民本身也不能一味地服从，要有自己的思想，要懂得是非，要有自己的判断力，如此才能对社会和环境有正确的认知。

◆ **原文重现** ◆

楚有养狙①以为生者，楚人谓之狙公。旦日，必部分②群狙于庭，使老狙率以之山中，求草木之实，赋③什一以自奉，或不给，则加鞭棰④焉。群狙皆畏苦之⑤，弗敢违也。一日有小狙谓众狙曰："山之果公所树⑥与？"曰："否也，天生也。"曰："非公不得而取与？"曰："否也，皆得而取也。"曰："然则吾何假于彼，而为之役乎?"言未既,众狙皆寤⑦。其夕,相与伺狙公之寝,破栅毁柙。取其积,相携而入于林中,不复归。狙公卒馁⑧而死。郁离子曰:"世有以术使民而无道揆⑨者,其如狙公乎?惟其昏而未觉也,一旦有开之,其术穷矣。"

——明·刘基《郁离子·术使》

① 狙:猕猴。
② 部分:此处指分派。
③ 赋:征收。
④ 鞭棰:用鞭打。
⑤ 畏苦之:对生活感到很苦。
⑥ 树:动词,种植。
⑦ 寤:同"悟",领悟到。
⑧ 馁:饥饿。
⑨ 道揆:道德准则。

信义方得人
——贿赂失人心

◆ 穿梭时空听故事 ◆

姓北郭的人家,家中不宁,老差役和年轻仆人相互争执,直到房屋坏了,不修就要倒塌了,主人家才召集工匠商量修房的事。

工匠们来了便请求先发点粮食,没想到主人家说:"没有时间给你们发粮食,你们暂且吃自己的粮食吧。"

而那些仆役们也都说家里没有吃的了,管事的不愿替他们去禀告,反而向他们索取贿赂。他们不给,管事的就一直不向主人禀告。于是工匠们都疲惫不堪,十分怨恨主人家,便拿着斧凿坐着不干活。

正逢阴天,接连几天下起大雨,走廊的柱子折断了,两侧的小屋子已经倒塌了。眼看着就要危及正房,这时主人家才答应了他们的要求,先发放粮食,又准备了熟食赠送给工匠们,并召集他们说:"你们的要求,我都可以满足,绝对不会吝惜食物的。"

结果,工匠们到了工地,看那房屋快要倒塌了,便推诿起来。

第一个工匠说:"先前,我们饿得要死,请求你们给点粮食却得不到,如今我们总算能吃饱了。"

第二个工匠说:"你们的饭已变味了,不能吃了。"

第三个工匠又说:"你们的房梁、檩木都烂了,我们无法修复它们了。"工匠们相继离去，最后房屋因不能及时修整而倒塌了。

郁离子说："北郭家的祖先，曾凭信义得到大家的支持，从而致富，闻名天下。可是，到了他的后代，竟连一座房屋都保不住，相差有多远啊！这是因为家政无人操持、治理，权力落入下属手中，再加上公开索求贿赂而大失人心，这不正是他的不幸吗？"

◆ 悦读寓言 ◆

北郭氏祖先以信义得人力，致富甲天下；而其后代用人不当，家政不修，贿赂公行，家室难保。治家如此，治国又何尝不是如此呢？北郭氏的老仆总管们相互斗争，不去专心维护家中的梁柱结构，只知道盘剥工人的薪资，以致梁柱朽坏再也无法支撑。

在这些仆役眼里，没有比争权夺利更重要的事情了，想要什么，先拿钱来！大厦将倾依旧争权不止，只顾私利而不顾信义。而工人因个人经济因素另寻出路，也不再对梁柱做维护，最后梁柱倒了，北郭氏从此也衰败不起了。

如果把北郭氏比喻为公司，工人是员工，梁柱是产品，这不正是现代很多公司的写照吗？这则故事意在告诫人们，一个家族、一个政权的主事者如果不精明，不能选贤用能、廉洁自律，那么必然会毁于一旦。制度不能自我完善，权力被用来谋私，必然导致房倒屋塌！

♦ **原文重现** ♦

北郭①氏之老卒僮仆②争政,室坏不修且压,乃召工谋之。请粟,曰:"未间,女③姑自食。"役人告饥,莅事者弗白而求贿,弗与,卒不白。于是众工皆惫恚④,执斧凿而坐。会天大雨霖,步廊之柱折,两庑⑤既圮⑥,次及于其堂,乃用其人之言,出粟具饔⑦饩⑧以集工曰:"惟所欲而与,弗靳。"工人至,视其室不可支,则皆辞。其一曰:"向也吾饥,请粟而弗得,今吾饱矣。"其二曰:"子之饔餲⑨矣,弗可食矣。"其三曰:"子之室腐矣,吾无所用其力矣。"则相率而逝,室遂不葺⑩以圮。

——明·刘基《郁离子·贿赂失人心》

① 北郭:姓氏。
② 僮仆:童仆。
③ 女:同"汝"。
④ 惫恚:疲惫,怨恨。
⑤ 庑:正房对面和两侧的小屋子。
⑥ 圮:倒塌。
⑦ 饔:熟食。
⑧ 饩:赠送。
⑨ 餲(ài):食物经久而变味。
⑩ 葺:修补。

莫须有的罪名
——蛤蟆夜哭

◆ 穿梭时空听故事 ◆

艾子在海上航行，夜晚时分把船停泊在某一个岛屿的港口。到了半夜，忽然听见水面下有人哭泣的声音，很像有人在说话，于是他就仔细倾听。

有个声音说："昨天龙王下命令，要把水族中一切有尾巴的生物都斩杀了。我是鼍，长着一条尾巴，所以害怕被杀而哭。你是蛤蟆，又没有尾巴，你哭什么哭？"

蛤蟆说："幸好我现在没有尾巴，可是就怕龙王会进一步追究我们还是蝌蚪时有过尾巴的事情呀！"

◆ 悦读寓言 ◆

传言《艾子杂说》的作者是苏轼，他曾因为诗文被一再流放，几近于死，而他的好友也纷纷受到株连。这个故事似乎就是在感叹他所处的时代。苏轼牵涉其中的乌台诗案发生于宋神宗元丰二年，那时苏轼由徐州调往湖州，到任不到三个月，便被人控告，说他以文字毁谤君相，朝廷下令拘捕他。

御史何正臣、李定、舒亶举出苏轼的《杭州纪事诗》做证据，李定等人摘出苏轼诗里的字句断章取义，譬如"读书万卷不读律，致君尧舜知无术"，说他在讽刺皇帝没能以法律教导、监督官吏；"东海若知明主意，应教斥卤变桑田"，说他在指责兴修水利的措施不对；"岂是闻韶忘解味，迩来三月食无盐"，说他在讽刺禁止人民卖盐的国家政策。李定等人纠弹苏轼侮辱朝廷、讥嘲国家大事，请皇上下令治罪。不久苏轼被捕入狱，这就是有名的"乌台诗案"。

故事虽然只说要杀有尾巴的，但是连幼时曾有过尾巴、现在已经去尾转化的，竟然也会因忧惧遭到诛杀而哭泣。即使在现代，若想以言论挑某个人的差错，也总可以找到理由，而这样的行为，只会带来人心惶惶。

◆ 原文重现 ◆

艾子浮①于海，夜泊岛峙，中夜闻水下有人哭声，复若人言，遂听之。其言曰："昨日龙王有令，应水族有尾者斩。吾鼍②也，故惧诛③而哭，汝虾蟆④无尾，何哭？"复闻有言曰："吾今幸无尾，但恐更理会科斗⑤时事也。"

——北宋·苏轼《艾子杂说》

① 浮：航行。
② 鼍(tuó)：爬行动物，分布于长江下游、太湖流域一带。皮可制鼓。或称为"鼍龙""灵鼍""猪婆龙""扬子鳄"。
③ 诛：杀戮。
④ 虾蟆(há ma)：青蛙和蟾蜍的统称。
⑤ 科斗：即"蝌蚪"。

自作聪明的后果
——凿钟而扛

◆ 穿梭时空听故事 ◆

齐国有两个老臣,都是历经几朝、深得儒学精髓的重臣,国家政权所倚重的人,有人称他们为"冢相",凡是国家大事,他们都要关心和干预。

一天,齐王下令迁都,有一口宝钟,重五千斤,估计必须有五百人的力量才可以扛得动。当时齐国人手不够,有司无计可施,就报告亚相,亚相很久没说话。

后来他慢慢地说:"唉!这事亚相怎么能解决不了呢!"于是命令有司道:"一口钟的重量,五百人可以扛,我想将它平均凿成五百块,让一个人分五百天扛。"有司欣然从命。

艾子正好遇见这事,便感叹道:"宰相高妙的筹划,是人们都不能及的;只是等搬到了那儿,焊接起来也太费劲了吧!"

◆ 悦读寓言 ◆

这让人想到了另一则"截竿进城"的寓言。鲁国有个人扛着根又粗又长的竹竿进城,到了城门口,他把竹竿竖起来拿,被城门卡住了;他把竹竿横着拿,又被两边的城墙卡住了。他弄了半天,累得气喘吁吁,还是进不了城。

旁边有个老头儿就笑他说:"这事儿简单。你把竹竿锯为两段,不就进去了吗?"

扛竹竿的人说:"可是竹竿锯断了就不能用了。"

老头儿说:"那总比你卡在城外强吧!"于是扛竹竿的人就借了把锯子,把竹竿锯断扛进城去了。

许多自以为有经验的人,他们不善于根据实际情况灵活地考虑问题,结果出了很多馊主意,和这则寓言中的宰相何其相似!这也讽刺了自作聪明、做事不得要领的人。

◆ **原文重现** ◆

齐有二老臣,皆累朝宿儒大老,社稷倚重。一曰冢相,凡国之重事,乃关预焉。一日,齐王下令迁都。有一宝钟,重五千斤,计人力须五百人可扛。时齐无人,有司①计无所出,乃白亚相。久亦无语,徐曰:"嘻,此事亚相②何不能了③也?"于是令有司曰:"一钟之重,五百人可扛。人忽均凿作五百段,用一人五百日扛之。"有司欣然承命。艾子适见之,乃曰:"冢宰奇画④,人固不及。只是搬到彼,莫却费锢鏴⑤也无?"

——北宋·苏轼《艾子杂说》

① 有司:官名。
② 亚相:宰相的副职。
③ 了:了结,解决。
④ 奇画:令人惊讶的计划、办法。
⑤ 锢鏴:焊补,铜接。

好听的话和该做的事
——悦谀

◆ 穿梭时空听故事 ◆

广东县令很喜欢别人奉承自己,每次发布一项政令或者做一桩事情,部下都须交相称赞,县令才会高兴。县令手下有一名差役想迎合县令的心意,故意在旁边对人私语说:"世上凡是做官的人,大都喜欢别人奉承,只有咱们的长官不这样,不太看重别人的赞美。"

县令听到他的话,便迫不及待地把他叫到自己跟前,非常高兴地对他夸个不停:"哎!知道我的心思的只有你,你是一名好差役啊!"

从这天之后,这名县令就对善于阿谀的差役愈来愈亲近了。

◆ 悦读寓言 ◆

一个喜欢被他人称赞,一个喜欢称赞他人,两个人碰在一起,真是天生一对,两人做作的举止,实在让人发笑。

差役不是当面奉承拍马屁,而是"故从旁与人偶语",有意让别人替他传话。他不是吹捧县令的长处,而是把他最大的缺点,说成是最大的优点。他奉承上司的手法实在令人叫绝。

而他的一番奉承吹捧,也正中县令下怀。县令禁不住乐得手舞足蹈,笑嘻嘻地夸奖:"知余心者惟汝,良吏哉!"

一个动作，一句话语，淋漓尽致地暴露了县令可笑的内心世界。好谀包括两种情况：一种是喜欢听别人对自己的奉承，在别人的吹捧面前自我陶醉，忘乎所以；另一种是对上司投其所好，迎合趋承。这两种情况，都会产生很坏的影响。

◆ **原文重现** ◆

粤令①性悦谀②，每布一政，群下交口赞誉，令乃欢。一隶③欲阿④其意，故从旁与人偶语⑤曰："凡居民上者，类喜人谀，惟阿主⑥不然，视人誉蔑如也耳。"其令耳之，亟召吏前⑦，抚膺高蹈⑧，加赏不已，曰："嘻，知余心者惟汝，良吏哉！"自是昵⑨之有加。

——明·刘元卿《应谐录》

① 粤令：广东县令。粤，广东的别称。
② 悦谀：喜欢别人奉承。
③ 隶：衙役，差役。
④ 阿：迎合。
⑤ 偶语：相对私语。
⑥ 阿主：下属对长官的昵称。
⑦ 亟召吏前：亟，急。迫不及待地把差役叫到自己跟前。
⑧ 抚膺高蹈：膺，胸；蹈，跳跃。形容高兴得意的样子。
⑨ 昵：亲近。

螳螂捕蝉，黄雀在后
——不顾其后之有患

◆ 穿梭时空听故事 ◆

园中有棵树，树上有只蝉，它高居欢唱，喝着露水，却不知道有只螳螂正躲在它身后打着主意。

螳螂弓着腰，举着双臂，正准备捕蝉，却也没有料到黄雀正悄悄站在它身后咽着口水。

黄雀伸长脖子去啄螳螂，却不知道有人正站在树下，举着弹弓瞄准它。

这三种小动物，都只看见了眼前的利益，不顾潜伏在身后的祸患。

◆ 悦读寓言 ◆

这个故事诞生的原因，其实是吴王准备讨伐楚国，他通告左右大臣："谁敢劝阻我，定斩不赦。"

有位年轻的侍卫想正面劝谏又不敢，于是就一大早怀揣弹丸，手执皮弓，在后园中东张西望，转来转去，露水沾湿了衣服。

就这样过了三天。吴王发觉后，感到十分奇怪，喊住他说："过来！你为什么自讨苦吃地把衣服弄得这么湿？"

侍卫就说了这个故事,吴王听了,明白了自己就如同蝉、螳螂和黄雀,只顾小利而忽略了大祸,便停止了攻楚的计划。

身为君王如此,普通人平日处事也如此,人生中有许多这种当局者迷的时刻,在不同时候阅读寓言,皆能有不同的所得。

◆ **原文重现** ◆

园中有树,其上有蝉,蝉高居悲鸣饮露,不知螳螂在其后也;螳螂委身曲附①欲取蝉,而不知黄雀在其傍也;黄雀延颈②欲啄螳螂,而不知弹丸在其下也。此三者,皆务欲③得其前利④,而不顾其后之有患也。

——西汉·刘向《说宛·正谏》

① 委身曲附:"附",同"跗",脚背。弯曲着身体,屈着前肢。
② 延颈:伸长脖颈。
③ 务欲:一心想要。
④ 前利:眼前的利益。

舍本逐末的交易
——买椟还珠

◆ **穿梭时空听故事** ◆

楚国有一个珠宝商人,他想把珍珠运到郑国去售卖。为了吸引顾客、招徕生意,他想了一个别出心裁的主意,就是特地制作了一些盛珍珠的匣子。这些匣子全部选用上等的木料制造,款式设计得十分美观,匣子外面还雕上了精致的玫瑰花纹,四边镶上了闪光的珠玉,周围又镶上了美丽的翡翠;最后,他还用香料把匣子熏得香喷喷的,真是让人爱不释手。

他备妥这些精美的匣子后便到郑国去,并选择了一个热闹的地方,把带来的珍珠装在匣子里,一排排地摆好。很快他身边就围了一圈人啧啧称赞。他心中暗自高兴,怎料听来听去,听到的却全是在谈那些匣子的样式、装饰等等的话语,而放在匣子里的珍珠,却一点也引不起人们的注意。

几乎每个人问的都是匣子的价钱,还有些人宁可出高价把匣子买了,而把匣子里的珍珠退还给他!这个楚国人可以说是很会推销匣子,却算不上是懂得推销珍珠。

◆ **悦读寓言** ◆

这个寓言故事讽刺了那种做事不分主次、本末倒置的人。楚国商人本来是想以华丽的匣子来显示珍珠的贵重,结果事与愿违,别人只买他的匣子,不买他的珍珠。

而郑国人只被匣子吸引,却忽略了里头珍贵的珍珠,"买其椟而还其珠",同样令人摇头。在我们的日常生活中,这种只注重形式而忽略内涵的事件,其实经常遇见。舍弃过度包装而直视实质,也是需要修炼的一环呢!

◆ **原文重现** ◆

楚人有卖其珠于郑者,为木兰之柜,薰以桂椒,缀以珠玉,饰以玫瑰,辑以羽翠,郑人买其椟[①]而还其珠。此可谓善卖椟矣,未可谓善鬻[②]珠也。

——战国·韩非《韩非子·外储说左上》

① 椟(dú):木制的盒子。
② 鬻(yù):卖。